Der Engel schwieg   Heinrich Böll

天使沉默

〔德〕海因里希·伯尔 著

曹乃云 译

人民文学出版社

著作权合同登记号　图字 01-2020-2593

Der Engel schwieg by Heinrich Böll
Copyright © 1992, 2000, Verlag Kiepenheuer & Witsch GmbH & Co. KG, Cologne/Germany
Simplified Chinese edition copyright ©
Shanghai 99 Readers' Culture Co., Ltd., 2020
All rights reserved.

图书在版编目(CIP)数据

天使沉默 /（德）海因里希·伯尔著；曹乃云译
. —北京：人民文学出版社，2021
（中经典精选）
ISBN 978-7-02-016460-8

Ⅰ.①天… Ⅱ.①海… ②曹… Ⅲ.①中篇小说-德国-现代 Ⅳ.①I516.45

中国版本图书馆 CIP 数据核字(2020)第 119808 号

总策划	黄育海
责任编辑	甘　慧　李　翔
封面设计	汪佳诗

出版发行	人民文学出版社
社　　址	北京市朝内大街 166 号
邮政编码	100705
网　　址	http://www.rw-cn.com
印　　刷	上海利丰雅高印刷有限公司
经　　销	全国新华书店等
开　　本	889 毫米×1194 毫米　1/32
印　　张	6
字　　数	152 千字
版　　次	2021 年 1 月北京第 1 版
印　　次	2021 年 1 月第 1 次印刷
书　　号	978-7-02-016460-8
定　　价	59.00 元

如有印装质量问题，请与本社图书销售中心调换。电话：010 - 65233595

中经典
精选

Novella

译者序

关于海因里希·伯尔

　　海因里希·伯尔是德国战后的重要作家,一九七二年的诺贝尔文学奖得主。伯尔一生勤奋,先后发表过三十多部文学作品,分长篇、中篇和短篇,他为德国文学和世界文学在当代的发展作出了重要的贡献,为人类进步事业献出了自己的一腔心血。

　　一九一七年,正当社会主义、资本主义和其他一些思潮和主义在欧洲进行激烈角逐、决战的时刻,海因里希·伯尔出生在德国科隆城南部地区一个多子女的家庭。他排行第八,是父母亲的第三个儿子。

　　海因里希·伯尔深受家庭和地区的宗教影响和熏陶,因此自小就拒绝国家社会主义的纳粹意识。伯尔接受过完整的小学和人文中学的教育。中学毕业后,他开始步入书商业的学徒生涯,同时开始他初期的文学尝试。

　　一九三九年,伯尔在科隆大学注册了学习日耳曼文学和古典哲学,完成了他的第一部小说《在教堂边上》。同年,伯尔应征入伍,留待军中。他东西奔波,直到一九四五年被美军俘虏，是年九月离开美国俘虏营，重新回到日常生活的平民轨道。

一九四二年，伯尔在从军生涯的休假期间步入了自己的婚姻，娶妻阿纳玛丽·策西。他们夫妻恩爱，生育四个儿子。一九四五年，英美法苏取得对德国法西斯的战争胜利。海因里希·伯尔结束美国战俘营的生活，回到科隆。

面对战后德国大地上的满目疮痍，伯尔一时生活无着，主要靠妻子的教师生涯和收入度日。他渐渐地倾向于文学创作活动，同时从事一些其他的职业和劳动，贴补家用。

一九四六年，伯尔发表他战后的第一部小说《没有爱情的十字架》，一九四七年出版第一部短篇小说集。当时，他的作品的中心议题是战争的经历和抨击德国的政治弊端。它们跟许多德国作家的作品一道，开创了德国战后文学、战争文学、废墟文学和返乡文学的历史先河，成为德国战后文学的重要杰作。

从一九四五年起，海因里希·伯尔渐渐迎来了文学生涯的高潮时期，先后发表过大小作品几十部，为他在一九七〇年担任德国笔会主席奠定了坚实的基础。一九七一年，海因里希·伯尔又荣任国际笔会主席，至一九七四年届满。

一九七一年，海因里希·伯尔发表长篇小说《与女人的合影》。小说顿时引起多方的重视和研究，好评如潮，为他在一九七二年获得诺贝尔文学奖招募了人气，奠定了基础。

一九七四年，海因里希·伯尔发表了《丧失了名誉的卡塔琳娜·勃罗姆》。作品发表后，先后被译成三十多种文字，并被拍成电影。据统计，到二〇〇七年时，《丧失了名誉的卡塔琳娜·勃罗姆》一书在德国的销售量几乎高达六百万册，可见这部作品的文学魅力之大。

海因里希·伯尔于一九八五年在科隆患病住院，并在当年七月十六日早上去世。三天以后，海因里希·伯尔被隆重安葬在离科隆城不远的梅尔顿，当时的联邦德国总统也出席追悼。

《天使沉默》其书

《天使沉默》是海因里希·伯尔在一九四九年执笔，于一九五〇年完成的中篇小说，也是他最重要的战后作品之一。有趣的是，海因里希·伯尔的《天使沉默》发表在一九九二年，出版的契机是庆祝海因里希·伯尔的七十五岁诞辰。其实，当时已经是海因里希·伯尔的阴生。到一九九二年，海因里希·伯尔去世已经整整七年了，连坐落在梅尔顿的坟墓也失去了它的新鲜，渐渐布上历史的陈旧和色泽。

关于《天使沉默》是否延迟了几年才得以出版，还是一九九二年正是该它发表之际，这样的问题自然会有方家指点迷津，无需赘言。我们却是希望以作品为基础，丈量它的方寸，看看它的艺术特点和影响。

打开书卷，读者不久就从书中角色的对话中明白，故事发生在一九四五年的五月八日以后。而且，故事发生的地点好像在科隆城。科隆，不正是伯尔的故乡吗？熟悉得不能再熟悉的家乡故里现在却成为一处陌生的地方，可见书中角色灵魂出窍已经到了让人啼笑皆非的地步。

故事的主要人物好像除了汉斯以外还有费舍、勒基娜以及另外一些知名或者不知名的人物。他们或生或死，或者生死不明，组成一个支离破碎的灰色地带和圈络。当然，也可以说是一个人间社会。他们开始了小说中五月八日以后的生活。

汉斯·施尼茨莱身穿军服走进一家遭受严重破坏的医院，希望寻找戈姆佩尔茨女士，告诉有关她的丈夫被"自己人"枪毙的消息。

汉斯由于逃离军营而被拘捕，判处死刑。维利·戈姆佩尔茨把自己的军服送给汉斯，帮助他逃脱惩罚，可是自己却难逃厄运。

戈姆佩尔茨太太由于身患重病，被医院辞退。她躺在家中，苦度岁月，拖延时日。汉斯终于找到戈姆佩尔茨太太，给她读了她丈夫的遗嘱，丈夫答应把自己名下的财产转归他的妻子。

汉斯完成使命以后重新去找勒基娜，把先前穿走的大衣还给她。勒基娜的儿子不幸死在战乱之中。汉斯对她讲起自己的不幸婚姻，他跟妻子仅仅过了一个夜晚，妻子后来乘火车时遭遇空袭，不幸中弹身亡。

勒基娜也不愿独自一人苦守绝望，这就给汉斯留下空床之机。汉斯的处境十分艰难,他的身份证件是假的,因此不敢在外露面,更不敢登记户口领取粮票。他们在黑市交易上多方转战,靠暗箱操作终于换得了让他赖以生存的票证。

汉斯还面临身无分文、一无所有的尴尬局面。没奈何,他只得从货车上偷盗煤饼,每回不能超过三十个,否则也会遭受查问。可是,他又跟费舍先生陷入许多的纠纷和矛盾,因为费舍和维利·戈姆佩尔茨是姻亲,费舍希望获得那份遗嘱。

汉斯和勒基娜忙碌着他们的未来,希望在教堂内完成他们的婚姻大事。它为《天使沉默》添加了些许的希望和未来。

不难看出,这是一个被彻底破坏的社会,社会面貌的主体是废墟。放眼过去,车站倒塌,教堂被埋葬,房屋粉碎,道路瘫痪,汽车侧翻。老鼠安安静静、堂而皇之地在大街的垃圾堆中行走。这是它们熟悉的道路,是它们生活的天堂。

当然,这也是个天怨地怒的社会。它不仅埋葬了教堂,连天使也被推翻在地。天使把手往地底下深深地抠进去。可是,天使的笑容却让人不寒而栗,觉得受了讥笑。

翻开字典,细细品味一下"天使"一词的字意和含义。相传在中文里被翻译成"天使"的词来源于希腊文angelos,本意为使者。在犹太教、基督教和伊斯兰教中,天使是一种精神性的内容,作为神仙的使者被派往人间。

因此，天使自身就含有"友好"的成分。他来到人间，也许是传达天意，也许是体察民意，总之是替天行事。

可是，天使这回却不知道该说什么好。原来，人间发生了惨无人道的变化：饥饿当道，死亡横行，世人已被抽掉灵魂，成为典型的行尸走肉。他们机械地掰动黑面包，往口中填送。他们的牙齿深深地咬下去，感觉到过时的黑面包虽然是硬硬的，却是甜甜的。一块面包，没有涂抹黄油，咬得牙齿生疼，咬得口水直流，人们用它填塞弹压不住的饥肠辘辘。

饥饿的时代让人的精神变得苍白。男人不仅抓起女人的大衣用于御寒，就连躺在一张床上时，他们也彻底丧失了男欢女爱的激情和欲望。

他们是被阉割了吗？如果说生理上还没有，那么在精神上却几乎难以否定了。这里有一把时代的手术刀，多么锋利，多么尖刻。

除了饥饿、死亡、寒冷外，那个时代还让人恍如隔世。一般说来，家乡的一草一木都会深深地镶嵌在故乡儿女的脑海里，挥之不去。可是，小说《天使沉默》中的角色却已经麻木不仁了。他不仅呼呼不起对故乡记忆的神力，即便回到自己的家，也要再三扒开落在台阶上的垃圾，才能把从前的记忆拉回到残酷的现实之中。

他们离家久远了吗？没有，才几年时间。当中发生什么了？怎么会有如此解释不过来的糟糕现象？或者说家乡变化太大了吗？没有，除了陈旧，除了垃圾和废墟，它还在原地，未曾变化，还是那些树木，那些花草。

可是，返乡的人怎么显得如此陌生、惊魂不定呢？令人觉得不可思议的还有，返乡的人不仅魂不在身，他们恐怕都不敢相信灵魂可以附在身上。灵魂没有了，精神当然没有了。

这是个什么样的社会呀？阴间吗？不，阳间。既然是阳间，天使为何沉默？他为什么放弃职责，没有充当欢乐的使者，忘掉上天言好事、下界保平安了呢？

沉默的天使看来也是无可奈何，他是被推下地或者是被炸弹震倒在地上的。美丽的天使落得一副尴尬的惨相。

天下变化之大，让人无话可说。人们不禁要问，那是何方的阳间？读者也是疑惑重重，困扰纷纷。

事情还得回到书中所涉及的时间，一九四五年五月八日。可是，五月八日不就是五月七日后一天，五月九日前一天，难道还有什么特殊之处吗？

在人类历史上，一九四五年的五月八日还真的不可小觑。它是一段残酷历史的下限，那段历史的上限是一九三九年的九月一日，这是人类历史上表现在欧洲地区的第二次世界大战。鲁道夫·希特勒是发动那场战争的罪魁祸首。他让三千多万鲜活的生命成为祭供那场历史灾难的冤魂屈鬼，让多少人在战后多年还惊魂未定，甚至找不到魂兮归来的时辰。

小说《天使沉默》如同电影纪录片一样，选择如此惊心动魄的历史时刻，以寻常百姓，即一些所谓小人物的命运和视角，仔细而精确地反映了时代、环境、人物，体现了文学的魅力和使命。

世界上直到今天还有许多人坚持认为，历史应该从文学作品中加以选材、提炼。海因里希·伯尔的《天使沉默》为那般主张平添了有力的佐证。

《天使沉默》的艺术特色

海因里希·伯尔的《天使沉默》自一九九二年发表以来，以精彩而又朴实的素描手法渐渐赢得了广大读者的认可和青睐，成为一部读者喜闻乐见的文学作品，甚至还成为广大青少年的必读书籍。

《天使沉默》并没有提供轰轰烈烈的场面和素材，可是那些文字浅显的描述把一个废墟的社会和破碎的人心定格在德国战后文学、返乡文学、战争文学和废墟文学的历史镜头里，让读者掩卷以后还会深思。

海因里希·伯尔不尚使用豪华的词汇和语句，也没有对朴素的现实进行刻意的润色，更没有哗众取宠的无聊追求。

伯尔对德国战后的社会生活进行深入细致的分析，以惊人的洞察力对它进行本色的临摹和写生，让他的作品具有更大的震撼力量。也有人说过，《天使沉默》叙述了一场伟大的爱情。海因里希·伯尔自己在一九五一年时则说过，《天使沉默》是"记录迷失一代的小说"。

其实，书中的爱情的确存在，可是读者却无论如何都难以读出他们的伟大来。究其原因，时也，势也。破碎的时代是难以整合人间的爱情的，连肚腹都不得温饱，何谈爱情的温馨和激情，更不要提它的伟大了。谁人敢奢望？

当然，还是伯尔自己说得有理，《天使沉默》记录了"迷失的一代"。这一代人物从死亡的边缘侥幸捡回一条性命。可是，他们毕竟是看到死亡、曾经面向死亡的，更何况返乡以后眼前的一切也不比阴曹地府好上多少。小说《天使沉默》中并没有记录任何一场无比激烈或者石破天惊的活动。其实，对于这群在战场上被打得失魂落魄，回家后还仍然魂不守舍的人来说，他们全都成了历史的赘生物。他们脱离了正常人的活动范围，因此，偷盗煤饼、伪造证件、骗取生存，这些莫名其妙的人生龌龊理所当然地落在他们的头上，为他们在脸上增添了人不如鬼的滑稽油彩。

原来，人类在生死之间，在阴阳之间的确存在一条界线，而且，这条界线还不是绝对不可逾越的。恶劣的时代往往把许多清白无辜的善良人推到命运的生死线上，让他们左一脚、右一脚，阴一脚、阳一脚地跟跟跄跄，甚至生不如死，却又求死不得。这就是海因里希·伯尔在《天使沉默》一书中展示的艺术画面。它们的历史清晰度如此之高，令广大读者无比折服。

海因里希·伯尔的《天使沉默》是分章节叙述的，全书共有十九章，分别用阿拉伯数字简单标志，而且行文语言朴素，用词简洁，描述生动，不虚伪，不夸张，却给读者留下了深刻的印象。

德国在十八世纪后半叶有一位了不起的物理学家兼作家，利希滕贝尔克，他说过，文学作品中"最美丽的语言是表达最清楚的语言"，用它来检验、恒量和赞美海因里希·伯尔在《天使沉默》中的语言能力，恐怕是再合适不过的评语。

另外，《天使沉默》是海因里希·伯尔在一九四九到一九五〇年完成的。一九五〇年八月十七日，伯尔把书稿寄给出版社。出版社却以题材过时，读者口味发生变化，战争题材不再入时为由，在一九五一年七月三十日把书稿退给作者，从而使作品推迟了许多年才得以问世，这也是个时代的插曲。

对于德国作家海因里希·伯尔来说，这是一部提纲挈领性的作品，几乎囊括了他一生创作的艺术思考和表达技巧。当然，他一定觉得，这也是一部未曾彻底完成、有待继续补充和扩展的艺术作品。否则，《天使沉默》一书中也不会出现一百几十个省略号。这么多的省略号的确构成小说《天使沉默》艺术手法的表现特点之一。

《现代汉语词典》第六版定义"省略号"时指出："表示引文中省略的部分或话语中没有说完的部分，或者表示断断续续的话语中的停顿。"看来，"话语中没有说完的部分"，从而引起的"停顿"正是海因里希·伯尔在《天使沉默》中留下大量省略号的合理解释。

战后回来，思绪万千，多少回忆突骤而至。海因里希·伯尔手执巨笔,记录着,书写着。可是,往往一个情节未曾写完,另一个情节又蓦地一下自空而降,跳上记忆的平台。他只得写上一个省略号,且待以后另行补齐。当然,有的情节那么揪人心疼,想到了,不写不行,可是写下去又让人痛心疾首,省略号无意之中充当了暂行安抚的语言使者。

于是,左一个省略号,右一个省略号,《天使沉默》在十多万文字中留下一千多点的省略号,真是让读者不敢漠视。它们除了表示意犹未尽、让读者且听下回分解外,还给读者留下斑斑血泪的激情和伏笔,那是对时代的强烈抗议和鞭笞。

天使沉默,警钟长鸣

第二次世界大战明显分成欧洲和亚洲两大战场。欧洲的战事是希特勒一手策划和挑起的,而亚洲的战事是日本军国主义在中国和东南亚各国领土上发动的。

日本军国主义在亚洲战场上的罪恶和血腥真是罄竹难书。

日本军国主义的士兵在中国和东南亚各地烧杀奸淫,无恶不作。南京的三十万军民在短短几天时间内成为日本军国主义屠刀下的冤魂屈鬼便是铁证。

这里也有一本记录战争灾难的历史教科书,那是南京大学历史系的教授在上世纪四十年代后期经过大量收集、核实，用刻钢板的方式油印出的一份历史教科书，取名为《南京大屠杀》。他在其中列举南京下关、鼓楼、北京路、清凉山等地区惨遭杀害的南京市民的死亡人数，最后统计出三十万的数字。

他还亲自看到鼓楼一带的尸架堆得足有一人多高，看到野猫在死人堆里扒吃死人心脏。他写道，后来过了多少年，北京路草地的土堆旁只要遇上大雨冲刷，就会露出下面的森森白骨。至于南京妇女在那段时间里身受摧残，更是惨绝人寰，令人没齿难忘。

历史系教授举出栖霞山下、中山门外的许多访问事例，让人们对日本军国主义士兵的残暴和兽行有了难忘的深刻认识。天底下竟然会有这般丧尽天良的造物，会有如此低劣的生命。

必须指出，这在当年日本军国主义说来却是他们的既有国策。他们以侵略军占领者的姿态肆意践踏中国人民的民族尊严，糟蹋中国人民的民族感情。英勇的南京儿女，伟大的中国人民对这番史无前例的奇耻大辱是不会稍有忘怀的。

当然，欧亚两大战争的策源国在一九四五年时遭到彻底的失败。反法西斯战争的胜利大旗插上德国柏林的帝国大厦，日本军国主义也走到了穷途末路。德国战后清扫的战争废墟如果筑成一条小坝，那么它可以从地球直通月球。战后的日本也是满目疮痍。日本人民完全有理由审讯他们的军国主义国策和那些臭名昭著的法西斯首脑人物。日本人民也完全有理由跟亚洲一切受害国的人民一起清算日本军国主义所欠下的滔天血债。从这个角度讲，文学作品成为记录历史风云的详细账册。

　　文学用不着为政治服务，它是用真实和纯洁为历史和未来服务的。文学是美好的艺术表达，是天然的良知结晶。《天使沉默》作为一部寻常的战后小说，它能引起多么巨大的历史反思，掀起多么浩瀚的时空波澜，恐怕连作者海因里希·伯尔自己也难以相信。这正是世界人民对美好文学的追求和向往，它是任何其他的科技和艺术活动都难以取代、无法比较的。这是人类对精神的礼拜。

　　《天使沉默》不愧为德国文学中的艺术珍品，是世界文学中的经典著作。同时，它又是营养广大读者的宝贵的精神食粮。

1

城北，强烈的火光足以让他认清大门上端的字母："……成特之宅。"他读着，小心翼翼地走上台阶。楼梯右侧的地下室从窗口里透出亮光，他犹豫一阵，尝试着想从肮脏的玻璃窗后认出一点儿什么来，然后又迎着自己的身影，慢慢地往前走去。身影投在前面一堵未曾损坏的墙上，越升越高，变得宽大起来，好像一个虚弱的鬼影，摆动着摇晃的双臂。鬼影在不断地膨胀，他的头已经超过墙的边缘，消失得无影无踪。他踏着玻璃碎片往右走，却猛地吃了一惊：心剧烈地跳动，他感到自己在发抖。右面，昏暗的壁龛里站着一个人，这个人纹丝不动。他试着喊出一点儿诸如"喂"之类的声音来，可是由于害怕，他的声音很微弱，剧烈的心跳阻碍着他。黑暗中的身影动也不动，手上拿着什么，看起来像是一根棍子——他迟疑着走过去，可是，当他终于认出这是一尊塑像时，心跳仍然没有减弱。他又走前几步，借着微弱的灯光，看清这是一尊石头的天使，波浪形的鬈发，一只手上拿着百合花。他弯着腰，凑向前去，下巴几乎碰着石像的胸脯，以一种少有的欢乐端详着那张脸。这是他回到城里以后遇上的第一张脸，温和而又痛楚地微笑着。天使的脸上和头发间堆着一层厚厚的灰尘，黑漆漆的，眼睛里也蒙着尘土。他轻轻地吹掉灰尘，几乎充满着爱意，自己也微微地笑了起来。他除掉了整个椭圆形脸部的尘土，突然看到那个微笑原来是石像发出来的。肖像一经铸成，蒙积在轮廓间的灰尘却添加了原制品的神圣——然而，他继续吹拂着，清理着雕像的鬈发、胸脯和飘动的衣服。他拢起嘴唇，小心翼翼地吹拂着石膏制成的百合花——而刚才随着看到微笑石像时内心所充斥的欢乐却由于越加明显而又刺眼的颜色而消退了。制造圣像工业的残酷的漆艺，长袍上的金边——还有脸部的微笑，他似乎感到这一切都突然逝去，包括这一头过分飘拂的鬈发。他慢慢地折转身子，步入走廊，希望寻到地下室的入口。心脏剧烈的跳动已经停止了。

从地下室迎面扑来一股沉闷而又酸涩的气流。他沿着黏糊的楼梯拾级而下，摸索着走进黑暗之中。不知道从哪里渗出一股水，滴着，漏着，搅拌着灰尘和垃圾，把楼梯浸得滑溜溜的，像一只金鱼缸缸底。他继续往前，一扇洞开的门中射出一丝灯光，终于有了灯光。借着朦胧的光，他看到右面的牌子上写着："X光透视室，请勿进入。"他走上几步，凑近灯光。灯光惨淡而微弱。他从摇曳的光芒中猜想，这一定是支蜡烛。听不到一点儿声音，到处堆着剥落的灰泥、碎砖和辨认不清的肮脏物，它们在遭受洗劫后到处残留着。门被打开了。他一面走，一面看着黑漆漆的房间，微弱而又跳动着的灯光让人看到乱七八糟堆放着的椅子和沙发，看到挤压成一堆的橱柜，从中流出一些不知名的液体。到处散发出寒冷的气息和黏糊糊的垃圾味，他的心里翻动着，直要呕吐。

透出灯光的那扇门敞开着。铁制的烛台上插着一根大蜡烛,旁边站着一位修女,穿着深蓝色的法衣。她在一只大搪瓷碗中搅拌着色拉,许多绿色的叶片上染上白乎乎的颜色。他听到碗底有一点儿汁液流动的声音。修女伸出一只宽阔的手,让叶片在碗内轻轻地转动。有时候从碗口掉下一些湿漉漉的小叶片,她静静地拣拾起来,重新放入碗内。褐色的桌旁搁着一只大铁锅,锅内散发出一股难闻的肉汤味,又烫又淡。这是热水、洋葱和股骨拌合在一起散发出来的怪味。

他大声地招呼:"晚上好!"

修女吃了一惊,环顾四周,扁平的玫瑰色的脸上现出恐惧的神色,然后轻轻地说:"我的上帝啊,原来是一位士兵。"牛奶似的菜汁从双手上滴落下来,柔软的手臂上沾着几片小小的菜叶……

"我的上帝,"她又害怕地说了几句,"您想干什么,到底怎么啦?"

"我正在找一个人。"他说。

"在这里?"

他点了点头。现在,他的目光又落在右面,那是一个打开的柜橱,橱门被气流震碎了。他看到铰链上还挂着橱门的碎片,地面散落着细小的漆片碎屑。橱内搁着面包,许多面包,杂乱地堆放在一起。这里至少有十来个黑色、已变得皱巴巴的面包。他的嘴里很快涌上了口水。他吞咽一口冷空气,心想:"我要吃面包。面包,无论如何,我应该吃到面包。"这一堆的上方是一条破碎的挂帘,浅绿色,那里好像遮盖着更多的面包。

"您在找谁呢?"修女问。

他转过身,面对着她。"我找,"他说,可是,他必须解开军装上衣的表袋,才能取出一张纸条。他用手指在袋底摸索了好一阵,才掏出一纸碎片,摊开,说:"戈姆佩尔茨,戈姆佩尔茨太太,伊丽莎白·戈姆佩尔茨。"

"戈姆佩尔茨?"修女说,"戈姆佩尔茨?我不知道……"

他仔细地打量着面前的女人:一张大脸,苍白、呆滞,显得极度不安,脸皮抽动着,好像蒙得太松了似的,一双水汪汪的大眼睛害怕地看着他。她说:"我的上帝,这里可是有美国人的。您是逃跑的吗?他们会抓住您的……"

他摇摇头,目光又紧紧地盯着面包,轻轻地问一句:"能不能告诉我,这个女人究竟是否在这里?"

"肯定不在。"修女回答,一面匆匆地看了看面包堆,一面把碗边的色拉菜叶和调味的汤汁擦了擦,然后找了块毛巾,开始擦手。

"您难道不愿意……也许可以……找管理部门,"她心情不安,讷讷地说,"我想没有。我们还剩下二十五名病人,没有戈姆佩尔茨太太。没有,我想没有。"

"可是她应该在这里的。"

修女拿起桌子上的一只表,一只旧式的小圆手表,银白色,没有表链。"现在十点了,我必须去开饭。我们经常迟到的。"她抱歉似的补充了一句,"您愿意再等一会儿吗？您饿吗？"

"是的。"他说。

她迟疑地看了看色拉碗，看了看面包堆，然后看着他。

"面包。"他说。

"可是，面包上没有抹黄油或其他什么。"她说。

他笑了起来。

"真的，"她委屈地说，"真的没有。"

"我的上帝，"他说，"修女，我知道。我想，面包，如果您能给我一点儿面包——"口水又突涌而至，不冷不热地在口中滑溜。他把口水咽下去，又轻轻地说了句："面包。"

她走近架子，取出一个面包，放在桌子上，然后开始在抽屉里找刀叉。

"行了，"他说，"面包可以掰开的。别找了，谢谢。"

她把装色拉的碗夹在手臂间，然后用两只手端着盛肉汤的锅。他给她让了让身子，一面从桌子上拿起面包。

"我马上回来，"她在门口说，"戈姆佩尔茨，不是吗？我会问的。"

"谢谢，修女。"他看着修女的背影大声地喊了一句。

他很快从面包上掰下一大块。他的下巴在抖动，他感到自己嘴边的肌肉和颌骨在颤抖。然后，他把柔软却并不平整的面包块送入口中，牙齿深深地咬了下去，吃着。面包不新鲜，一定搁了四五天了，可能更久些。简简单单的灰面包，可是却很甜，上面贴着某一工厂生产的粉红色招牌。他继续用牙齿往前啃，又吃下了黑黑的面包皮，面包皮坚韧得咀嚼不烂。然后，他把面包捧在手上，重新掰下一块。他用右手拿着面包片往嘴里送，左手却紧紧地攥着圆圆的面包，好像生怕有人走过来抢掉它似的。他看着自己的手搁在面包上，又脏又瘦，还有一道抓搔的伤口，堆积着污物和血痂。

他匆忙地环顾四周。房间很小。墙边是一排白漆橱柜，柜门几乎全被破坏了，白色的衣服任意地露了出来。墙角的一张皮沙发下面放着一堆医疗器材。窗旁是一副损坏了的灶，黑漆漆的，炉子的管道通过一扇破窗口引向外端。边上有一堆劈过的木柴，还有一堆散乱的煤饼。靠着墙壁的药柜旁挂着黑色的大十字架，反面的黄杨树枝滑下来，松松落落的，悬挂在十字架的底部。

他坐在箱子上，又掰下一块面包。还是那么甜。每当掰下一块面包时，他总是先咬一口裂开的松软的地方，然后，当牙齿继续往前啃咬时，他感到嘴巴碰上的都是美好、柔软而又干巴巴的面包，它是多么的香甜。

突然，他觉得有人在注视他，便抬起目光：门口站着一个十分高大的修女，白皙而又狭长的脸，苍白的嘴唇，一双大眼睛，又冷漠，又悲伤。

他说："晚上好！"她只是点了点头，走了进来，他看到她在腋下夹着一本黑色的大本子。她首先朝闪烁着昏黄光芒的蜡烛走过去，把插在铁扦烛台上的蜡烛搁在一张白色大桌子上的玻璃试管中间。修女用一把弯曲的剪子修理一下蜡烛芯。闪动的灯光变得小而亮了，可是房间的另一部分却暗了起来。然后，修女朝他走过来，非常平静地说："请您略微让开一点儿！"声音很轻。

她也坐到箱子上，紧挨着他。

他闻到修女僵硬的蓝长袍上浓烈的肥皂味。她从口袋里掏出一只黑色的眼镜匣，打开，然后翻开本子。

"戈姆佩尔茨，是吗？"她轻轻地问道。

他点点头，咽下最后一口面包。

"她不在这里了，"她小声地说，"我知道的。她是前几天被辞退的，我们必须减员。里面的人全部应该回去。可是我想看一看……"

"您认识她吗？"他平静地问道。

"是的。"她说，然后从本子上抬起目光，仔细地打量着他。他感到那双冷漠而又悲伤的眼睛里充满着慈爱。"您该不是她的丈夫吧？"

她又垂下目光，开始翻动书写得密密麻麻的大本子。"她的胃不好，是吗？"

"我不知道。"

"我的上帝，她的丈夫几天前还在这儿。跟您一样……一名上士。"她朝他的肩章投去一瞥，又专心翻阅起来，翻到最后一页，"您跟他是一道的吗？"

"是的。"

"他曾经跟她在一起，坐在她的床上。我的上帝。"她小声地说，"我觉得好像是很久以前的事，可是它仅仅发生在几天前。今天是什么日子，几号啦？"

"八号,"他说,"五月八号。"

"我感到过去多么久远啊!"

她那纤长而又苍白的手指在本子的最后一页上从下向上地滑动着。"戈姆佩尔茨,"她说,"伊丽莎白,六号被辞退的。前天。"

"请您把地址告诉我。"

"鲁本街,"她说,"鲁本街八号。"说完,她站起来,看着他,把本子合上,夹在腋下。"怎么啦,她的丈夫怎么啦?"

"他死了。"

"现在还有阵亡的?"

"被枪毙的。"

"我的上帝,"她靠着桌子,瞅了一眼剩余的面包,小声地说,"您要当心,城里有许多巡逻队。他们非常严厉。"

"谢谢。"他嘶哑地回答了一声。

她慢慢地走到门口,又转过身,问:"您是这里人,很熟悉吗?"

"是的。"他说。

"祝您幸运!"她大声地说,在身子还没有转回去以前,又嘟囔一声,"我的上帝。"

"谢谢您,修女,"他的背影大声地说,"非常感谢。"

他又掰下了一块新的面包,吃了起来。现在,他吃得很慢、很平静,面包始终很甜。火焰吞食着蜡烛,还钻出一个空心的边壳。灯芯越来越长,灯光发黄,照得越来越远。走廊里传来脚步声,是刚才端着色拉出去的修女回来时轻轻走路的踢踏声,她的后面传来一位急躁男子的脚步声。

修女领着一位医生走进来。她把盛色拉的碗搁在桌子下面,把锅放在旁边,然后开始捅炉子。

"喂!"医生喊着说,"战争已经结束,并且输掉了。请您把这些劳什子衣服脱掉,把那些打仗的玩意儿扔掉。"

医生还很年轻,大约三十五岁,宽宽的脸,红扑扑的,却生着几条细细的皱纹,好像睡觉时躺错了地方一样。汉斯嗅出来了,知道医生是吸烟的。他看到医生放在背上的手弯曲起来,捏着一支点燃的香烟。

"请您给我一支烟。"他说。

"喔。"医生大声地说,他从大褂口袋里掏出一只烟盒。汉斯看到里面散乱地摆着两支香烟,还有一支是半根的。医生放下那支点燃的香烟,把半根的给了他,说:"喂,您得当心,别让人把您抓走。"然后,他抓住还在燃烧的烟蒂。汉斯看到他手指上的老茧又厚又黄,指甲裂开了口子。"谢谢,"他说,"非常感谢。"

医生不知从哪只抽屉里拿出一些药剂,把小刀和剪刀放进外套的口袋里,离开了房间。汉斯跟在他的后面,只见医生宽大的身影在黑乎乎的走廊里迅速地移动着,朝楼梯口走去。他大喊一声:"请稍等片刻。"医生迅即停了下来。正当他转过身子的时候,汉斯看到他那扁平、冷漠的面庞。汉斯赶到医生的身旁,说:"只需要一分钟。"

医生一声不响。

"我需要证件。"汉斯说。

"什么!"医生喊了起来。

"有效的证件,"他说,"这里总是需要证件的。最好是死人的证件。请您试试看。"

"您疯了。"

"不是,绝对不是。我不愿意被俘虏。我就住在这里,可以干各种各样的活——可以去找工作。请您帮助我。"

汉斯说完了,他只能模糊地看到医生的脸。空气湿润,有一股酸味。黑暗之中,他能感到对方发出的热乎乎的气息。寂静中响起的呼哧声如同从慢慢倾倒的垃圾中发出的一样。

"您有钱吗?"医生终于轻轻地问了起来。

"目前还没有,可是不久会有。如果我……如果我在家里就会有。"

"这类事情得花钱。"

"我知道。"

医生又沉默了,把烟蒂吸完。汉斯看到烟蒂被丢在墙上,四散的火花照亮的刹那间,可以看到光秃秃的墙壁十分难看。烟蒂落在一个水洼里,嗤的一声熄灭了。突然,他感到医生强有力的手紧紧地挽住了自己的胳膊,听到医生用沙哑的声音说:"请您在这里等一下,我有事情要办。"医生拖着他走到旁边,拉开一扇门,把汉斯推了进去,然后很快地离开了。

他来到一间更衣室。黑暗中，他朝狭窄的板凳摸索过去，然后坐下，又慢慢地触摸到微微发出一息气味的护墙板。这一切看来似乎都完好无损，平整、滑溜、舒适、爽手。后来，他又突然感到手指间有点丝绸的感觉，这是一件衣服。他站起来，抓住衣服的领口，把它取下来。好像是一件又软又薄的雨衣。他摸到几颗角质的大纽扣和一根松散垂下的腰带，腰带的铜扣一直打到他的大腿间。这里散发出女人的气味：脂粉气、肥皂和一点儿唇膏的香味。他一面紧紧地抓住大衣的领口，让它全部垂落下来，一面寻找衣袋。左面一只口袋里空空如也，里子上还有一个洞，他的手穿过衣服衬里一直伸到外面；右面口袋里有一张纸，发出沙沙的响声，他的手又往下伸，摸到一块平整的金属物。他把它拿在手中，然后又在黑暗中把大衣挂回到衣钩上。

这是一只香烟盒。他打开盒子，里面还有香烟。他用指尖点着香烟，一支，两支，小心地数着：五支。他拿出两支，重新关上盒子，把盒子塞进大衣口袋。

突然，他感到十分疲劳，半支香烟熏得他昏昏欲睡。他把两支香烟塞在上衣口袋里，跟纸条放在一起，然后一屁股坐在地上，靠着墙壁，伸开双腿，让它们伸到不能再伸出去的地方。

他清醒了，因为他感到凉了。他的脖子僵直，双腿也僵直。门下的缝隙里透过来一股风，冰凉冰凉的，从背上一直吹到脖子。他站起来，打开门：一片漆黑……走廊里仍然有一股潮湿的酸涩气味，还有粪臭，空气十分沉闷。他咳嗽着，不知道现在是什么时间了，只是还记得医生答应会回来的。修女们好像走掉了。他看到大门锁上了，又返身走回刚才的房间。黑暗中，他穿上那件女式大衣。衣服很合身，只是衣袖稍稍短了一些。他用双手在上下口袋里翻动一阵，在右面口袋里又找到一块手帕，正好用来堵塞左面口袋里子上的小洞。他把窸窣作响的纸往下压了压，扣上腰带上的大扣子，关起门，摸索着上了楼梯。

　　这里也是一片安静，一片漆黑。不同的是，那些可以看到天空的地方，是一片蔚蓝的云彩，浅亮、宁静。大房子的左侧完全被竖立的混凝土墙隔开了，他透过缝隙看到许多黑乎乎的、遭受破坏的房间。满地横卧的铁担架，散发着潮湿的垃圾味，令人作呕。他往右走进一条开启的走廊，突然听到有人呼吸的声音：几扇黑洞洞的门敞开着，房间里似乎有人，发出酸臭的汗味、尿味和有人睡过的床味。潮湿的垃圾散发出粪水一般的气味，弥漫四周，让人窒息。这里还能清晰地听到有人呼吸和轻轻呻吟的声音。在一间房子的角落里，他看到一个烟蒂，还没有熄灭，闪着微微的火星。

　　往左折进去，沿着墙角往前，他终于看到了灯光。灯光闪烁，照亮一堵黄色的大墙，墙纸已经被火焰熏得漆黑。他看到右面是一片手术室遭到破坏后的废墟：打碎的玻璃柜，满地丢弃的器械，一张弹簧床，堆了半床的垃圾，一盏硕大的玻璃灯犹如一只油光铮亮的大甲虫在黑暗中晃动，无声无息,令人害怕。他又走动几步,透过缝隙朝大厅张望:大灯悬挂在一根细细的黑线上,自身的重量让它来回晃动。他看到灯在慢慢地往下垂落。白色的大玻璃罩之所以晃动得越来越厉害,那是因为未曾损坏的天花板在一段看不见的地方装着一组钩子,钩子紧紧地连着导线,而现在,钩子却一个接着一个地松动脱落了。

  灯光在走廊的尽头透过一扇巨大而又多框的窗子扑了出去,窗前挂着一条破烂多洞的床单。晃动的烛光幽暗柔弱,如同微微闪烁的黄金的光泽,可是,床单洞中透出的灯光又大又黄,映在对面的墙壁上,像是大块的油渍。他顺着一条细缝朝里看:四支点燃的大蜡烛,插在枝形铁烛台上;当中一张担架,看上去像供贵族们死后安置尸身的棺柩,担架上似乎躺着一个老妇人,他只能看到她的后脑勺:柔密而又蓬乱的白发在烛光下颤动着,像是一块银灰色的棉布。医生戴着面具,只在上端露出红红的额头,满是皱纹,两条手臂上上下下地活动着。一片寂静。担架车的脚头站着脸色苍白的修女,那是在腋下夹着本子坐在他身旁的修女。修女递送器具和擦拭污血的棉球。她忙碌着,一脸平静而又几乎无动于衷的神色。白色的软帽犹如在头顶飞舞的大蝴蝶,软帽的阴影投射在墙上,轻轻地晃动,漆黑、明亮,像加倍扩大画上去的小姑娘的发结。另一位修女只把背对着他。她随着医生短促而又急躁的手势把灯盏移过来、移过去。

  医生朝躺着的女人深深地探下腰去,几乎像跪在地上一样。他只有需要器材时,才偶尔让头往上抬几下。然后,他那宽大的胸脯也抬起来,双手戴着的橡皮白手套上沾满了黑血。只听见身后铁桶里传来扑通一声,有东西掉进去了。他脱下手套,扔在背后的桌子上,又除下面具,耸了耸肩。站在后面的修女把一块大布丢在躺着的女人身上,推着担架走了。现在,汉斯清楚地看到车上女人的脸如石灰一般地苍白。

他顺着原路慢慢地退了回来。在病房黑黑的洞口里,他看到烟蒂仍然冒着火星。他走进沉闷的气息中,在床和床之间摸索着前行,这才看到,窗口原来都挂着重重的布帘。病床排列成行,挤得很紧。狭窄的过道里,闪烁着一只只便壶的釉彩。墙角里的香烟还在燃着。朦胧中他辨出了轮廓,看到屋子中央的大桌子,还有残破的墙壁,底下掉落了一堆灰泥。这时,他又在墙角认出了一张脸。借着香烟火,他看到一张妇女的脸,年轻、狭长,裹了一方条纹头巾,头巾黄里透黑。这张脸多么苍白,竟然在黑暗中还闪着一丝白色。他走近床边,说:"对不起,借个火。"他看到一条手臂,手臂上披着蓝色的粗绒布衫,一只小手凑近他的香烟,他吸了一口。她什么话也没说。他现在挨近她的眼睛。她的眼神毫无光泽,似乎已经死了,连在一旁的香烟火也没有得到反映。他轻轻地说"谢谢",正想离开时,她的手却突然搁在他的下臂上,他感到一股温暖而又干燥的接触。"水,"她的声音嘶哑着说,"给我一点儿水。"

"喏。"她说,手上的香烟朝搁在桌子上的一只罐子扬了扬。这是一只褐色的咖啡壶,没有盖子,他感到壶很沉。她的烟落在地板上,他踩灭了烟蒂,轻轻地问了一句:"要一杯,还是……"

"给。"他拿起杯子,凑近壶嘴,倒满了水。她把杯子从他的手里夺了过去。他感到了对方急速的动作,并为她把杯子扯了过去觉得有点儿反感。黑暗中,他听到急速喝水的咂嘴声。

"还要。"她说。

他又把水倒满。她还是把杯子抢了过去,他又听到这种咂嘴声,贪婪,无拘无束。他感到手上的水壶已经空了许多。突然,她的头侧向一边,头巾滑落下来,露出一条粗大的黑辫子。他从床上捡起杯子,给自己倒满水。这壶水很难喝:微温,一股氯气味儿。他听到病人睡着时轻轻的呼吸声,便慢慢地走了出去。

他感到下面的小房间里有一股暖意。香烟引起了甜蜜而又剧烈的头晕目眩,令人有点儿微微作呕。他重新蹲下来,在墙上熄灭了烟火,伸开双腿,睡着了。

不多一会儿,当医生在外面用脚蹬门的时候,他醒了。"起来,伙计,"他大声地喊着,"天马上要亮了。"

他跳起来,开门。

"外面没有门把手了,"医生说,"您过来吧!"

他打开堆放面包的房间,点燃蜡烛,说一声:"您来吧!"

汉斯走上前去。

"我的上帝,"医生喊了起来,"您看上去完全是个文质彬彬的人。您从哪儿找来这件大衣的?"

"它就挂在小房间,"汉斯说,"如果……我马上将它送回去,送回透视室。"他从口袋里掏出一个揉在一起的纸团,那是一封信。他摊开信纸。"勒基娜·翁格,"他大声地读了起来,"梅尔克大街十七号……"

"对,是的。"医生说。

"我将它送回去,一定……那只是因为……"

"无所谓,无所谓,您保留着吧……请您快过来!"

汉斯迅速地绕过桌子,撞翻了肉汤盆,又把它摆放好,走近小桌子。医生从口袋里掏出一张纸,凑在蜡烛底下,说:"我想,这就是您所寻找的、您所需要的东西。都是真的。"他冷笑的脸又红又倦,目光暗淡,嘴角间泛起一丝疲惫的皱纹,呈现着微微的黄色。红色的头顶间披散着几根稀松的金发,犹如团团的绒毛小鸡。他疲倦地说:"二十五岁,严重的肺病,完全没有兵役能力。然后您的名字就叫埃里希·凯勒。"

汉斯正要伸手去取那张折叠在一起的纸时,医生却把一只宽大的手搁在上面。他冷冷地笑着,看着对方。汉斯平静地说:"我送钱来。"

"多少?"医生问。他张开嘴巴说话时,嘴唇颤抖着。不知哪一个反射器官松动了,也不知哪一根神经搭错了,他的嘴唇不停地抖动着。

"您要多少?"

"二……"

"百?"

"百?"他讽刺似的重复了一句,"一盒香烟要十元钱。"

"那么千?"

"对。什么时间?"

"明天,或者后天,也许今天就……我不知道……只要……我……"

医生突然站起身来,急速地推开窗,连脏兮兮的火炉管道都开始晃动起来。灰尘穿过装有栅栏的地下室的窗户,毛毛细雨一般地飘落下来。然后,他们看到了深灰色的天空。

医生又转过身子,从桌上拿起纸,久久地看着汉斯。他的眼睛疲倦、不安,里面总是包含一丝深深的悲哀,一团绝望的阴影。

"也许",他说,"您误解了我的意思。我并不是做黑市的商人,我也不做死人的证件生意。可是,我需要收回这件东西。您明白吗?它不属于我,而属于档案。我们会受到调查的。我愿意帮助您,把它借给您,可是我需要一点抵押。"

"我一无所有。"

"您在胸前挂了件叮当作响的东西?"

"这不是我的。"

"衣服上的吗?"

"那是同一个人的,一位死者。我必须把它送还给他的夫人。也许……"他口吃地说道。

"怎么回事?"医生问。

"也许您应该相信我。我再设法搞来另外的证件。最多还需要几天时间……"

医生又久久地看着他。他们听到从城市遥远的寂静中传来教堂的轻轻钟声,城里有许多教堂。

"五点差一刻,"医生说。然后,他突然把纸塞在汉斯的手上,说,"您走吧——您可别忘了我。"

"不,不会,"汉斯说,"非常感谢。再见!"

2

他很快就明白了房子所处的位置，也许是从大街十字路口还需走动的脚步数，也许是那些树墩的布局。这些树曾经组成高大而又美丽的林荫道，他想起了什么，突然停住脚步，朝左面看上一眼。他认出了楼梯间的残余，于是穿过瓦砾慢慢地走过去。他正在自己家里。大门已经被爆炸的气流震脱，飞落在一旁，还有一部分挂在铰链上，连带一些木板碎片。另外还有一点儿楼梯的痕迹，天花板上挂着许多桁条。他穿过一堆倒塌的瓦砾继续往前。过道的尽头才是废墟山的山脚，他用手翻动着，找到了还没有被损坏的白色大理石石级。这里还有一级，显然这是第一级，也是最后一级。堆在上面的垃圾被他触动后，全都掉了下去。他慢慢地挖掘出全部的石级，坐下来。周围散发出泥土和干燥的垃圾味，不时地还能看出火烧的痕迹……

这儿曾经是一幢又美丽又高贵的住房，下面甚至还住着一位管家。他朝右面看了看，那里是管家从前住过的房间，现在是一堆瓦砾、破墙纸和损坏的家具碎片。一架钢琴脚露在外面，满满的灰尘，过道上的天花板好像也坏了。他重新站起来，在垃圾山的某一处翻动着，直到手指下触到深褐色的硬墙布为止。他让垃圾从上面滚落下去，最后终于发掘出一块招牌。一块干干净净的白釉招牌，上面写着黑色的字母：管家施奈泼莱纳。他只是点了点头，慢慢地走回去，坐下，从口袋里掏出烟盒，打开，抽出一支香烟。这时，他突然想起自己没有火柴。他慢慢地朝大门走去，静静地等待着。外面鸦雀无声，一个人也没有。天凉了，远处传来雄鸡的啼鸣，很远，很远，也许是在穿越莱茵河的大桥旁。他又听到沉重的车辆滚动声，也许是装甲车……

从前，这里无论在白天或者深夜，到处挤满了人。现在，他只看到一只老鼠。老鼠从废墟堆里钻出来，平静而又慢慢地越过一座座垃圾山，一面嗅着，一面朝街道摸索过去。它的面前横着一块大理石板，很陡。老鼠一下子从石板上滑落下来，吱吱地尖叫几声，又急速地爬上去，慢慢地爬远了。老鼠往前爬行一会儿后，完全消失在他的视线之外了。那条街道上没有垃圾，可是从一辆翻倒的有轨电车里传来了老鼠的尖叫声，铁皮制的车腹犹如膨胀或者爆炸似的倒在两根断裂的电线杆之间……

他忘掉了嘴上叼着香烟，还在等待任何一位可以借火的人……

从前，当房子完好无损的时候，只来过一张明信片。明信片寄到的那天早晨他还在睡觉，这是假期的第一天。母亲想：今天不会有什么重要的事。邮递员交给她整整一包邮件：报纸，几份广告，一封信，一张退休金账单。她在每一份邮件的单据上都签了名。半明半暗的走廊里什么都辨认不清。前厅里很暗，只有走廊门的上端配着大块的绿色玻璃，从那里间接透进一丝光线。母亲匆匆忙忙地看了看一大堆邮件，顺便把明信片丢在前厅的桌子上，然后走进厨房。这是一张印制平常的明信片，她压根儿就没有认为它们是重要的东西……

这一天他睡了很长时间，这是他生活中的第一天，如果人们能够把它称为生活的话。迄今为止，一切都围绕着学校：学校，贫困，学徒时间，折磨。一天前他终于完成了助工考试，获得了休假……

早晨八点半，天很闷热。这是夏天，盛夏。母亲上了窗板，拿着邮件走进厨房，拧大了煤气火，准备烧水。餐桌已经铺好了，一切都显得整洁、宁静、祥和。她坐上长凳，开始翻阅邮件。她听到外面院子里一阵轻轻的锤子敲击声，听到木匠工作场所传来的隐隐约约的嗡嗡声，地下室正在改造。从前面又传来经久不息的、几乎平静如常的街道交通的喧闹声。

广告是一家葡萄酒商寄来的。父亲在世的时候，他们常常供给葡萄酒。她看也没看就把它们扔在火炉下面的大木箱里，那是在夏天用来为冬天收集废纸和木板残片的箱子。

当她看退休金账单时，突然想到外面桌子上的明信片。她思量一阵，想要站起来，去取明信片，然后将它扔在大木箱里：她不喜欢印制的明信片——可是她仅仅叹息一声，因为她已经开始在读账单了。这是一份复杂的数字罗列，她只能理解最后的数据，一组印成红色的小数字。她看到，数字又变小了……

她站起来，准备倒咖啡，顺手把账单搁在厚厚的一叠报纸旁边。她倒了满满的一杯咖啡，用大拇指指甲挑开一封信。这封信是弟弟埃迪写来的。埃迪写道，他做了很多年见习教师才终于升任为高级中学正式教师。尽管如此，这封信里也没有多少愉快的消息。他虽然晋升了，却必须以调入一个被上帝遗弃的"垃圾班"为代价。现在，这一切都令他作呕，他写道，他对这一切都感到反感。她是知道个中原委的，她知道原因。此外，孩子们接二连三地病了，百日咳、天花、麻疹。埃迪的精神彻底垮了。接着还有搬迁的骚扰，调动的烦恼。于是，这里根本没有值得称道的经济上的改善，因为他从地区上最好的班级调入了地区上最差的班级。这一切都令他作呕，她应该知道原因的，而她也是知道的。

她把信搁在一旁，迟疑了一阵，然后把账单扔入垃圾箱，把信塞进抽屉。她把壶中的咖啡全部倒入杯中，拿起一个面包，打开装报纸的邮件。她只是浏览了标题。跟许多谈论战争和主张报复的人不一样，她对此并没有显示多少兴趣。几个星期以来，人们在目录栏上只是读到关于爆炸、斗殴和难民的消息。难民们逃离了波兰的混乱场合，来到帝国，寻求活路……

在第二版上有消息说黄油的配额减少了，鸡蛋的配额还保持不变。她对这一切全不理解，而且对一篇匆忙看完的文章也不理解。那篇文章阐述了人们不能自由出售可可和咖啡的原因。然后，她把报纸扔在一旁，把杯子喝空，准备去采购食品、蔬菜。

窗门外闪烁着耀眼的光芒。太阳在墙上投下了许多图案般的阴影。

当她在前厅再次看到摆在桌子上的白色明信片时，她突然想起应该将信丢在大木箱内。可是，她手上已经拿着网袋，钥匙也插进了锁里，于是就下楼去了。

她回来的时候，他还在睡觉，白色的明信片仍然搁在那儿。她把网袋放在桌子上，拿起那张小小的打着字母的纸片。突然，尽管室内昏暗，她还是看到上面那块少有的鲜红斑迹。这是一张带有红色长方形的白纸条。红色的长方形内印着粗体的黑色字母R，看起来像是一只蜘蛛。一股难以名状的恐惧袭击了她。明信片从手上滑落下去。这事让她感到奇怪，她不知道还有挂号的明信片。一封挂号的明信片使她分外生疑，事情的本身又让她十分害怕。她迅速收拾好网袋，走进厨房。"也许，"她想，"这是工商联合会或者某一家职业机构寄来的，证明他已经通过考试，因为事关重大，所以用挂号寄来了。"她觉得没有什么新奇，只有不安，于是把碗端上餐桌，打开窗。外面突然暗下来了。她看到院子里已经落下了第一批雨点，圆圆的，沉重而又缓慢地降落着，水泥地上留下大块的斑迹。木匠们围着蓝色的围腰，站在工场前面的院子里，迅速抓过一块帆布，披盖在大大的窗框上。雨点密集起来，发出噼噼啪啪的响声。她还没有走近工场内堆满灰尘的木板后面，已经听到了男人们的哈哈笑声……

她从餐桌上撤下桌布，把碗放好，从抽屉里取出菜刀，然后用抖动的双手挑拣花菜。红色长方形框内的粗体字母R使她害怕，害怕慢慢地变成厌烦。她觉得眼前一阵眩晕，不得不连忙振作起来。

接着，她就开始祈祷。每当她害怕的时候，她就祈祷。许多事情不安地涌上心头：她的丈夫——已经死掉六年了——当下面第一次大游行的队伍经过时，他就站在窗户后面，脸都扭曲了。

她也想起生在战争中的孩子，想到这个纤弱、瘦小的男孩，他从来没有显得身强力壮过。

然后，她又听到，他走进浴室去了。胸间令人昏厥的翻滚一刻也不停息。这是一团由痛苦、不安、害怕和不敢相信以及想哭一场而又不得不竭力压抑住的愿望共同结成的块垒。

当他从浴室回来的时候，母亲已经忙碌着在前面起居室里铺放桌布了。房间整理得干干净净，桌子上放着花。那里还有生油、乳酪、香肠和褐色的咖啡壶、黄色的咖啡壶盖子及一罐牛奶。他看到自己的盘子里搁着一只铁皮盒，盒内装着香烟。他吻了吻母亲，觉得她在发抖。他吃惊地，看着她。当她突然开始哭了起来时，他十分惊讶。她也许是因为高兴而哭的。她紧紧地抓住他的手，还在哭，一面轻轻地说："你千万别生气，我愿意把这件事情做得让人高兴。"她指了指桌子,哭得更加激烈了,最后变成了狂乱的抽泣。他看着母亲宽阔美丽的脸庞上沾满了泪水,不知道该怎么办,便结结巴巴地说:"我的上帝,母亲,这一切都很美好。"

"是的。"他又说了一句。母亲怀疑地看着他,尝试着露出一点儿微笑。

"真的。"他说,然后走进卧室。他很快穿上一件干净的衬衣,系上淡红色的领带,匆忙朝前走去。母亲已经坐下。她解下围裙,从厨房里端来杯子,看着儿子微笑着。

他坐下,说:"我睡得非常好。"

她觉得,他看上去真的精神多了。她取下壶上的盖子给他倒上咖啡,接着又给他倒了些厚厚的罐装牛奶,问:"你没有读书到很晚吧?"

"没有,没有,"他微微一笑,说,"昨天我累了,太累了。"他打开烟盒,点上一支香烟,开始慢慢地搅动咖啡,一面注视着母亲的面容。"一切都很好。"他说。

她丝毫没有改变面部表情,说:"来了一份邮件。"他看到母亲的嘴角在抖动。她紧紧地咬住嘴唇,说不出话来,接着又是一阵干枯而又非常深沉的抽泣。他突然意识到,一定是发生了什么事,或是将要发生什么事。他知道的。邮件引起了这一切,一定有什么事跟着邮件一起到来了。他垂下目光,在杯子里搅动,一面大口地吸着烟,一面喝着咖啡。必须给她时间,她并不愿意哭,却必须开口说话,因此必须给她时间。这位长时间呜咽抽泣的人,在她重新讲话前，必须耐心等待，才能套出话来。总有一桩事情跟邮件纠缠在一起。他一辈子都难忘掉母亲包含一切的抽泣，这里有全部的惊恐，只是当时没有人知晓。抽泣，让人钻心地疼痛。母亲抽泣着，她唯有这一回抽泣了很长时间，抽泣得非常悲哀。他的目光仍然下垂着，眼睛盯着咖啡的表面，罐装牛奶均匀地溶开来，结成一层明亮而又柔软的褐色。他看着香烟的尖端，看着颤抖的烟灰，透着微微的银白色。最后，他终于感到能够抬起目光了。

"是的，"她轻轻地说，"埃迪叔叔来信了。他已经成为高级中学的正式教师，可是也被调走了。他在信里写道，他感到恶心。"

"是的，是的，"他说，"每一个正常的人都会感到恶心的。"

她点点头。"还有一张退休金账单，"她说，"又少了。"他把自己的手搁在她的手上，这只手又小，又阔，显得十分辛劳，摊放在雪白的桌布上。他的触动重新引起了又深沉又悲伤的哭泣。他把手拿开，留下了一种记忆：母亲的手又粗糙，又温暖。他保持着目光下垂，直到钻心疼痛的叹息和强行屏住的眼泪过去。他等待着。他想：这一切都不是原因。埃迪叔叔和退休金账单不会使她如此失魂落魄，一定是另外的什么事。突然，他想到这肯定是关于他的事。他顿时感到自己的脸色一定苍白起来了。让母亲失魂落魄的肯定不是别的，而是涉及他的事。他干脆抬起头来。母亲紧紧地闭着嘴巴，她的双眼潮湿。现在，她生生地挤出几句话来，困难而又简短地张开嘴，结结巴巴地说："来了一张明信片，给你的。在前厅——它就放在……"

他迅速放下杯子，站起来，走进前厅——他已经从远处看到明信片了，白色，完全普通，一张全帝国统一的明信片，15×10厘米。它平平常常地搁在桌子上，旁边是一只深色的花瓶，瓶内插着云杉树枝。他快步走上前去，拿起明信片，读一下地址，看着贴在上面的白红黑三色纸条，内有一个红色的矩形图案，上面印着一个粗大的黑体字母R。他翻过明信片，首先只看到签名。签名落在一个很长的字上，难以辨认，那是兵役局司令部的称谓。下面打印着一行字：少校。

他十分平静，一切都没有改变。仅仅寄来一张明信片，一纸完全平常的明信片，上面唯一手写的字就是一位不知名的少校的涂鸦，犹如发生在水族馆里的一样……花瓶仍然在那里。他的大衣挂在衣帽间，上面有一方花纹秀丽的白色面巾，那是她在星期天上教堂时戴的。她戴着面巾，跪在他的一旁，默默地祈祷，而他却常常慢慢地翻动做弥撒的书页。一切都井然有序。透过敞开着的厨房大门，他听到从院子里传来木匠们的笑声。风雨过去了，天空又是一片晴朗、明亮。只是来了一张明信片，上面匆匆忙忙地涂鸦着某一少校的签名，这位少校也许星期天上教堂时跪在距他不远的地方，跟他的妻子睡觉，教育他的孩子应该成为规规矩矩的德国人，而在工作期间偶尔签发一些明信片。这一切都是协调而无害的……

他不知道手上拿着明信片已经站了多久,可是等他回来时,看到母亲坐在一旁,正在哭泣。她用一只胳膊支撑着,用手托着颤悠悠的脑袋,另一只手无所事事地搁在腹间,似乎那只手不是属于她的,宽大、干枯、瘦弱……

他走上前去,捧起她的脑袋,试图仔细地看她一番,可是他很快又放了下来。母亲的脸精疲力竭,十分陌生,他还从来没有看到过。母亲的脸色让他害怕。他不敢往前一步,而且也没有上前一步的愿望……

他默默地坐下,啜饮着咖啡,掏出一支烟,可是又让它突然落下地去,眼睛直瞪瞪地望着,一动也不动。

从支撑着的手后面传来了声音:"还是吃点儿什么……"

"你该不会生气吧——"

他倒一杯咖啡,添上牛奶,又投进两块糖,然后点上烟,从口袋里掏出明信片,轻轻地读了起来:"请您于七月四日上午七时准时在阿登布吕克的俾斯麦军营报到,参加为期八周的训练。"

"我的上帝,"他高声地说,"理智一点儿吧,母亲,八个星期。"

她点点头。

"会有这种事的,我知道。我会离家,参加八周训练。"

"是啊,是啊,"她说,"八个星期。"

两个人都知道,他们全在说谎。他们说着谎,然而却不知道他们为什么说谎。他们无法明白。于是,他们就说谎,这一点他们知道得清清楚楚。他们都知道,他这一去肯定不会仅仅八个星期。

她又说了一句:"吃一点儿什么吧。"

他取过一片面包,抹上黄油,嵌进香肠,然后慢慢地吃了起来,味同嚼蜡,一点儿胃口也没有。

"把明信片给我。"母亲说。

他递了过去。

她脸上的表情十分奇特,一面平静而又仔细地看着明信片,轻轻地读了起来。

"今天是什么日子?"读罢,她把明信片搁在桌子上,问。

"星期四。"他说。

"不,"她说,"我问几号?"

"三号。"他说。

一直到这一刻他才理解问题的含义。它意味着,他必须马上动身,而且就是今天,明天七点钟时他就在三百公里以外的北方某一陌生城市的军营里……

他把咬剩下来的面包片放回去,实在没有必要装成一副吃得津津有味的模样。母亲又遮住自己的脸,开始剧烈而又奇特地无声哭泣起来……

他走进自己的房间,整理自己的文件包。他把一件衬衣折着塞了进去,裤子、袜子、信纸,然后又整理抽屉。他把里面的内容看也没看就扔进火炉,然后从本子上撕下一页,卷起来,点着了火,塞在一堆纸的下面:开始,只是卷起一股浓浓的白烟,火苗慢慢地舔食上来。接着,火光熊熊，轰轰作响，直扑天花板。然后，一股细小而又激烈的火焰最后隐入了一道黑烟，消失不见了。他重新打开所有的抽屉，翻看一遍，脑子里突然想到：离开，迅速离开，离开母亲，离开这个唯一的、他愿意说一句爱着的人……

他听到母亲端着托盘回厨房去了，便穿过前厅，在牛奶瓶盖上匆匆忙忙地敲了敲，朝里面喊了一声："我到火车站去，马上会回来的。"

她并没有立刻回答，他等待着，压了压裤子口袋里的明信片，一张小小的白纸。传来了母亲大声的回答："好的，马上回来。再见……"

"再见！"他喊一声，然后默默地站立片刻，走了出去……

等他回到家时，已经十二点半，饭已经煮好了。母亲端着碗、刀叉、盆子，走进客厅……

回想起这一切，他感到那个受尽了折磨的下午几乎是第一个时辰，可是它却比整个战争都要糟糕。他留在家里只有六个小时了。母亲反复催促着，要把许多东西强行塞给他。她相信这一切都是不可缺少的，尤其像柔软的洗澡毛巾，一包一包的食品、烟、肥皂。这段时间里她一直哭着。他则是吸着烟，整理书籍。又到了铺桌布的时候，面包、黄油、果酱、糕饼被端进房间，咖啡也煮开了。

他喝完咖啡以后，太阳已经偏西，躲在房子后面，他眼前升起一片静静的暮霭。他突然走进自己的房间，拿起旅行袋，走进前厅……

"怎么？"母亲问，"你难道……"

"对，"他说，"我必须走了。"虽然，他的火车还要在五个小时以后才开动。

他搁下旅行袋，以一种绝望的柔情拥抱着母亲，而她把双手放在他的后腰间，明信片就在裤子口袋里，她顺手掏了出来。突然，她安静下来，连抽泣也停止了。她手上的明信片看起来毫无凶险，少校的涂鸦是上面唯一的人的痕迹。其实，就连这一点也该让一台机器书写，比如让一台少校签名机……危险的只是那张贴在上面闪耀着白色光芒的矩形，鲜红鲜红的、中间印着黑色的 R，字体很大，一张小纸片，每个邮局里都有，成卷成卷的，每天都有人撕贴。可是，他现在却在 R 字下面发现一组数字，这是他的数字，这也是这张明信片跟其他明信片唯一的不同之处，数码846。他知道现在一切都井然有序，不会发生什么事情，这组数码不知在哪一家邮局里附在旁边一张纸上，纸上写着他的名字。这是他的号码，他逃不脱这组数码，他必须顺着这一粗体字的 R 列入数序，他不能逃脱……

他就是挂过号的数字846，其余的什么都不是。这张小小的白色的明信片，一张原本不起眼的最最便宜的硬纸片。这种纸片印上一千张，甚至全部印刷完毕，最多也只值三个马克，而且可以免费直接寄到家中。它现在仅仅意味着一名少校的胡乱涂鸦，成为一名书法家移入一张卡片的技巧，是一位邮局官员在他的书上继续涂鸦的材料……

母亲完全平静了。当他想要走时，她把明信片塞进他的口袋，吻着他，轻声地说："愿上帝赐福给你。"

他走了，他的火车要到半夜才开，现在刚刚七点。他知道她正目送着他的背影，于是便在前往汽车站的途中转身招了几回手。

他到达火车站时离火车开动还有五个小时。他在各个窗口间来回走动了几趟，仔细研究了发车牌。一切都正常。人们正好度假回来或者外出度假，许多人开怀大笑。他们很幸运，晒得黝黑，欢乐，爽朗，无忧无虑。气候适宜，景色优美：度假的季节……

他又走出去，跳上一辆电车，电车原可以送他回家，途中他跳下来，重新乘车返回火车站。他从火车站的大钟上断定，刚刚过去二十分钟时间。他又在人群中转了一圈，一面吸着烟，然后再跳上一辆电车，任意的一辆，接着跳下来，乘车返回火车站。他好像知道需要在火车站逗留八年似的，磁铁一般地被拉回火车站……

他走进候车室，喝着啤酒，擦了擦汗，突然想起自己的小女伴。他曾经好多回地送她回家去。他在自己的记录本上寻找电话号码，急忙走近自动电话机旁，投入硬币，拨通电话。可是，当那一头传来一个声音时，他说不出一句话来，又把话筒挂上。他再一回投入硬币，重新拨号，对面又传来那不熟悉的声音，说了声"哈罗"，还报了名。

他鼓足勇气，讷讷地说："我可以找魏克曼小姐讲话吗？我是施尼茨莱……"

"稍等一下。"那个声音说……透过听筒，他听到一个婴儿的啼哭，听到舞蹈音乐以及一位男子骂骂咧咧的声音。一扇门被砰地打开了。他的额上冒着汗。这时他听到她的声音了，她说了声："谁呀？"他结结巴巴地说，"是我……汉斯……我能再跟您讲一次话吗？我要走……到部队服役……今天就去……"

他发现她十分惊讶，她说："好吧……可是什么时间，在哪里……"

"在火车站，"他说，"马上……在检票处……"

她很快就到了那里。一位娇小温柔的金发女郎，长了一张圆圆的嘴，很红，一个漂亮的鼻子。她微笑着说了句："这可是一个惊喜。"算是问候。

"您有什么打算，我们应该干些什么？"

"还有多少时间？"

"到十二点。"

"我们去看场电影。"她说。

他们走进火车站旁边的电影院，一家又小又脏的电影院，人们必须穿过一家后院才能走进去。当他们在黑暗中并肩坐着的时候，他突然明白，他应该握住她的双手，必须紧紧地握住，直到电影放完。里面很热，散发着浑浊的气息，大部分座位都空着。她有点理所当然地把手交给他。他多少感到有点儿不自在，可是他紧紧地把它抓在手中，两个小时，几乎痉挛。当他们走出电影院时，天终于暗下来了，还下着雨……

他领着她拐进公园。他用右手夹住文件袋，伸出左臂把她搂住。她又顺从了；他感到了她那散发香味的小小的身体里的温暖，嗅到她那湿漉漉的头发的气味。他吻着她，脖子上，脸颊上，当他用双唇触到她的柔软的嘴时他猛地吓了一跳……

她用双手又紧又怕地搂在他的背上，文件袋已经从他的手上滑落下去。他在吻她的时候突然意识到，原来他正在尝试着希望认清路边两侧的树木和灌木丛：他看着银白色的道路，一片潮湿，被雨水冲洗得闪闪发光；看着滴落水珠的灌木和黑黝黝的树干，还看着天空，天空中浓云密布，云儿急匆匆地向着东方奔涌着……

他们不断地在路上走来走去，互相亲吻。有时候，他感觉对她的柔情有点儿像同情一般，或许也有爱，他不知道。他怀疑自己，最后才踏上闪着路灯的街道。火车站周围一片寂静，他相信，也许时间已经到了……

他在检票口出示了自己的明信片，让检票员在火车票上打了个洞，高兴地看到火车在空旷的大厅里打着呼哧，将要发车了。他再次吻她，登上火车。当他探出身子、准备招手时，他害怕她会哭，可是她却朝他微笑着示意，长时间而又热烈地招着手。他感到一阵轻松，因为她没有哭……

大约六点钟时他来到一座陌生的城市。门前有许多牛奶车，它们来来往往，匆忙驶行。分发面包的小伙计们把牛奶袋和小面包放在门前的台阶上——他看到小伙计们满面尘垢，脸色苍白，然而却都成了清晨欢乐的精灵。酒吧间内晃晃悠悠地走出几个男人和一名士兵。他没有兴致找人问路，便跟在士兵后面走。等到那位在电车站旁停下时，他也止住脚步，排入沉默不语的工人行列中去。他们无动于衷地打量着他……

他的胃里难受得想呕吐。昨天夜里他不知道在哪里喝了肉汤，凉的，另外又吃了冷面包。他十分疲劳，感到身上肮脏不堪。当电车来到时，他重新跟在士兵后面，相挨着站在车厢内的平台上。现在他才看到，这是一名下级军官，或者是一名上士。士兵的脸红红的，毫无表情，僵硬的帽子下面露出厚厚的金发。外面又上来许多士兵，他们跟他打着招呼……

街道上活跃起来。车辆拥上前，还有自行车。平台上站满了抽着烟斗的工人，他们默默地站着，任由电车随意地把他们带到某一站。读书的儿童横穿马路，瘦小的肩上背着沉重的书包——电车还在往前行驶，穿过林荫道、街道。人慢慢地稀疏了，最后在车内仅剩下一批士兵……

最后到达终点站，它位于一片被收割掉的小麦地和大片果园地中间。大家都下了车。他跟着上士慢慢地走着，其他的士兵却开始奔跑起来。

他们从一条无穷无尽的篱笆面前走过去，篱笆围住了里面一些设计相同、呈现灰色的大楼。他听到从大楼方向传来哨子和咆哮声，看到窗口里一张张的脸：脸色灰白，毫无兴致。然后，在一排排匣式大楼间出现一条空隙，漆成黑白红三色的横木在这位下级军官或者上士面前升了起来。哨兵冷笑着，然后脸色又变得严肃和嘲讽起来，黑白红三色的横木又在他的面前升了起来，他成了士兵……

突然，他在鸦雀无声的寂静中听到了脚步声。他仔细听着，把香烟从嘴里拿下：香烟的下端发黄，已经潮湿了。他把烟抓在手上，听着脚步声。声音来自他的右后方，一会儿又听不清楚，然后是石块滚动的声音。不久，他听到坚定而有节奏的脚步声。最后，有一个人终于在街道十字路口的右面出现了：一位工人，头上戴着棒球帽，手里夹着一只口袋——他平静安稳地朝翻倒在地的电车车厢走过去。真难相信，这里还有人前来干活，准时而有秩序，手上夹着口袋，几乎让人觉得反感……

他一直走到前花园的栅栏旁，等候着。那人现在看到他了，止住脚步，然后慢慢地走了进来。他迎着那人走上几步，轻轻地说了声："早……"

"早！"那人小心地应了声，看着他的香烟，说，"要火吗？"

"对。"他说……

那人费劲地在口袋里摸来摸去。他看着对方花白的头发，看着他那蓬松而又几乎全白的眼睫毛以及友好的大鼻子。打火机啪的一声在他的眼前亮了起来,平静的火焰把香烟烤黑了……

"谢谢。"他说,一面掏出烟盒,打开,递过去。那人惊讶地看着他,迟疑着……

"请,"他说,"来吧……"

他仔细地观察着那人两根粗大的手指,手指伸开着,夹起一支香烟……

那人把香烟塞在耳后,轻声地说:"谢谢。"然后就走了……汉斯站在前花园的篱笆旁,吸着烟。他靠在那里,等待着——可是却不知道在等什么——他长时间地看着那人的背影。那个人往前移动着,不时地消失在瓦砾堆后面,然后又慢慢地爬动着升起来,接着消失在远方林荫道的后面。那里的树木还呈现着一片生机,它们绿意盎然,正是五月……

3

他继续往前走着,走了很久都没有碰上一个人。大部分街道已经坏了,不能走动了。瓦砾和垃圾到处堆放着,跟烧成灰烬的大门口的几层楼房连成一片。另外,从一些街道旁的房屋内还升腾起滚滚浓烟。

从这里赶到鲁本街,他几乎用了一个小时,从前他走这条路只花十分钟就行了。断墙残壁间冒出了一根根的烟囱管道,烟雾缭绕,悄悄地往四周弥漫。他偶尔碰上一位衣衫褴褛的男人,有时又碰上一位用头巾匆忙裹住自己的女人。

鲁本街上似乎看不到一幢直立的房子了。道口巨大的浴池坍塌了,瓦砾中不时露出块块釉砖,闪烁着绿色的光辉。这里从前是几条大街汇集的地方,于是也多了一些人。他们慢吞吞地走着,又肮脏又沮丧……

在被大火烧得精光的房子墙旁,他听到辎重车辆的隆隆声,好像朝莱茵河的方向驶去……

他小心翼翼地踏过瓦砾,折进鲁本街。不知从哪里的窗子后面传来婴儿的啼哭声,窗户全被脏兮兮的木板钉死了。接着又听到了一个女人的声音,很轻,抱怨着。

八号房子的大门还在,下面的几个房间似乎完好无损。进门处又宽又深,山墙已经被压塌了。房顶上的横梁毫无生气地倒竖着,指向灰蒙蒙的天空。他正要抬腿走进去时,迎面出来一位老太太，裹着一方绿头巾。她的脸色发黄，软弱无力，黑色的头发一绺一绺似的披散在额前。老太太在手里端着煤铲，里面放着狗粪。她往前走了几步，来到最近的一堆废墟前，吃力地扬了扬手，倒下狗粪，回去了。

他说："戈姆佩尔茨，我难道真的到了戈姆佩尔茨的家吗？"

她只是点了点头。

"戈姆佩尔茨太太，"他疑虑地盯着那张毫无生气的脸，继续问，"戈姆佩尔茨太太在这里吗？"

她又点了点头。刹时间，她那浓密的眼睫毛又合上，盖住热情的小眼睛，她的脸在一秒钟内看上去苍白得如同死去的一样……

"您过来吧！"她小声地说。

他跟在后面进了走廊。一片昏暗，她突然在他面前止住脚步，停了下来。他非常接近地看到她的脸多么松弛。她身上有股子厨房味，有点腥气，眼珠转动得可怕地缓慢，似乎总要花极大的气力才能动弹一下。她看着他，声音低沉、嘶哑。

"只为了让您知道，"她平静地说，"她病了……"

"我知道。"他说。

她没有合上下嘴唇，突然转过身去，领在头里走了。每当她转身回头的时候，他都看到那片厚厚的黄色下唇，耷拉着，使她的脸上似乎露出千百颗假牙。女人把煤铲搁在一张桌子上，又看了看跟上来的人，然后把耳朵凑近锁眼，听了听，接着大声地喊了起来："戈姆佩尔茨太太在家吗？"

里面传来一个冷冷的声音："怎么啦？"

"有一位先生想跟您讲话。"

"请稍候一下。"

她又看了看他。"她一直躺在床上。"女人小声地说。

门后的声音喊着说："好了。"女人给他打开门，他一步跨了进去。

房间又高又大，看上去十分干净。镶木地板甚至用软铁丝拖擦过，黄色的地板平滑、明亮。墙角间有一张黑色的大床，床的上方有一个玛利亚的塑像，塑像搁在木座上，像前点着一支小小的蜡烛，闪发出微微的红光。除此以外，房间里仅剩下一把椅子和一张床头柜。他看到，损坏的天花板上钉着厚厚的白纸片。墙上挂着几幅油画。他想着，这些肯定都是真品，价格昂贵。他站在门口，这一切对他来说太隆重——也太安静、太美丽了……

清脆的声音又悄悄地响了起来："请进来，请坐。"

女人穿一件深色的上衣，扣子一直扣到上面。她的脸色越近看越苍白，头发很亮，几乎无色，松散、单薄。他想起戴在脸色苍白的洋娃娃头上的假发，一面慢慢地走上前去。

她又说了一声："请您坐在这里！"

床头柜的大理石板上搁着一个黑色的十字架，简简单单地置放在一段木头上……

他坐下，一句话也说不出来。他突然急促地解开自己的大衣，指了指里面穿着的军装，指了指下士军衔、胸前的勋章和肩上的星星。一切都还是新的，肩章的金银绦闪闪发光，军扣上毫无损伤，边缘一点儿刮痕都没有。

她只是点点头，一张脸疲惫地包裹在明亮的发间，表情非常平静。

"很好，"她说，"我早知道的，可是怎么……您必须告诉我，怎么会……"

他站起身，把大衣完全脱下，再脱去上衣，从口袋里拿出一张纸片，连同上衣一起交给她。现在，她的脸色也没有任何变化，他把目光从她身上移开，盯着看那扇大窗户，窗户挂着布幔。太阳透了进来，照在窗台上。布幔被染成一片红色。它似乎能够吮饮红色，就像吮饮精美的液体一般，液体不知不觉地渗透上来，浸润着布料的每一根纤维。他看到，墙上的画都是非常贵重的：它们好像是用光芒画成的，表现了一张张古罗马的贵族面容，平静如水，头下是天鹅绒的衣领。

他又把目光慢慢地转向女人，惊讶地看到：她小心翼翼地在衣服后摆的边上摸索着，微微一笑。她从床头柜的抽屉里拿出小刀，开始拆下边线。

她的一双手平静得如同她的那张脸。她拆掉几根针脚，然后猛地用力，撕开一道口子，接着伸手沿着衣服衬里向上掏摸，拿出一张折叠在一起的纸片来。她把纸递给他，小声地说："请您读一下……"

他展开纸片，读着：

欧·沃市，一九四五年五月六日。立据人维利·戈姆佩尔茨下士承认把自己名下全部动产和不动产都交割归妻子伊丽莎白·戈姆佩尔茨，父姓克洛宇茨。下面清楚地看到签名：维利·戈姆佩尔茨，下士。接着是难以辨认的签字、军用邮局编号的圆图章、书写得清清楚楚的中校签名……

他默默地把纸还给她。

"怎么啦，"她问，"您生气了吗？"

他什么也没有说，又瞅着窗口，火红的液体加强了威力，显得更加繁茂、粗壮、激烈……

"怎么啦？"她又问。她很严肃、平静。而他则当面告诉她，说，"他窃走了我的死亡，您的丈夫盗窃了我的死亡。我相信我知道这是怎么回事。这一迅速而又干脆的死亡，我无法保留它，他却选为己有，必须从我这里偷盗过去。此外，这简直是英勇就义，一回真正的壮烈死亡。死亡并不适合我，我知道。我应该活下去，我甚至愿意活下去——他愿意把生命赠送给我，方法就是盗走我的死亡。"

她往后仰靠着，衬着床铺深暗的颜色，她的脸看上去更加苍白。

他继续说道："我因为开小差逃跑，理该被枪毙。他们抓到我。美国人已经离得很近了。您的丈夫是军事法庭的书记员，对吗？"她点点头。"一切都发展得很快，美国人已经临近，已经听到步兵搏斗的厮杀声了。那天晚上，您的丈夫走进仓库,来到我的面前。我已经是戴罪之身,等候枪毙了。他带着一只手电筒,上下照着干草堆,照着我的脸,说:'起来。'我站起身。我没有看他的脸,里面一片昏暗。他问道:'你不愿意死……''对,不愿意。'我说……'逃走吧!'他说。'好的。'我说着,便想从他的身旁走开。'且等一下,'他说,'穿上我的军装。'我始终没有看他的脸。他把手电筒搁在干草堆上,灯光朝上,照射着布满灰尘的仓库天花板。我凑着反射回来的灯光看到他的脸:一副毫不在意的模样。他脱下军装,接过我的衣服,说:'走吧!'我走了。我躲在对面的院子里,听到步兵搏斗的杀声突然就在附近响了起来。我看到他们开始装载车辆,迅速而又急促,一个声音反复地喊叫着,那是法官的声音:'戈姆佩尔茨,戈姆佩尔茨在哪里?'——声音徒劳无益地叫喊着。他们临开车的时候把他从仓库里抓了出来,枪毙了。人们几乎没有听到声音。榴弹炮已经在村子里响了起来,装甲车的炮弹也在房顶上空震耳欲聋……"他停了一阵,"我一个人在村里仅仅停留了几分钟时间,一个人待在粪堆旁,伴随着一名死人。他离我还不到三十步远,躺在仓库前的朦胧之中——他完成了一桩好交易。"——他又沉默了,注视着天鹅绒衣领上方的贵族的脸,祥和、苍白。接着,他站起身来,补充说:"在这个家庭里自从几百年以来一直经营着好买卖,我知道……"

他沉默着,一声不吭……

"我的上帝。"女人轻声地说,他似乎第一次感到她已经不再无动于衷了。"我的上帝，可是他却还问您是否愿意活下去……"

"对，对，"他说，"我记得，他问过我。他们反复问的，他们从来没有错误过……"

她静静地说："这是无法变更的，您现在必须活下去，终有一天您会愉快起来的，上帝会帮助您。我感谢您送来了军装——当时您很快就找到纸条了吗？"

"我是在找香烟的时候发现纸条的。"

她微微地笑着："里面还有香烟？"

"对，"他说，"两支……"他突然把手伸进大衣口袋，打开香烟盒子，拿出两支香烟，给她扔在床上。"喏，"他说。她吃惊地看着他。"否则您一定会说，我为了跑这趟路送这回信得到一笔大报酬，它可是救了我的命的。"

他转过身去，走了，而他又听到她哭了，一面还在背后喊着："可是您总该穿件外套——天哪，您叫什么名字——您到底姓甚名谁……"

他在门口停了下来，又看了看她，她真的在哭："天哪，让我为您做点什么吧，您到底叫什么名字……"

"我不知道，"他静静地说，"我真的不知道此时此刻我该叫什么名字，真的，我不知道。我最后的名字曾经叫做宏格勒茨——我现在叫什么，我不知道。纸条就在我口袋里的什么地方……再见……"

他再也没有回头看一眼……

他在前厅里又遇到老女人。她在围裙里装满了削下的土豆皮。"他死了吗?"她轻轻地问。

他点点头。

"我也在心里估摸着,"她平静地说,"到最后还是轮到他阵亡了吗?"

"他是被枪毙的……"

"我的上帝,"她喊了起来,"要是老先生知道这件事——可是被谁,是被德国人吗?"

"被德国人……"

"被德国人,天晓得。"她摇摇头,走开了,穿过前厅,走进长长的昏暗的走廊。

"我的上帝,"当她来到外面时,又说了起来,"为什么被德国人呢,他难道说了什么胜利之类的话吗?"

"没有,这是一场误会,他是被错误地枪毙了的。"

她默默地走到下一个垃圾堆前,扔下土豆皮。当他再一次回头望时,看到她仍然站在那里,瞅着他的背影。

4

后来,他突然想起,他现在名叫凯勒,埃里希·凯勒。当他在城里东奔西走的时候,口中不断地念念有词,记忆着这个名字。他念了很长时间,念得很透彻,念的就是:埃里希·凯勒。在这期间,他也思考着如何才能弄到两千马克,以便他在最终使用自己的名字以前彻底买断眼下的这个名字专利。实际上他叫施尼茨莱,汉斯·施尼茨莱,当时明信片上就是写的汉斯·施尼茨莱。可是,他在被枪毙前的名字叫做宏格勒茨,他是被当做下级军官宏格勒茨而枪毙的。在这前不久,他也曾经在几个月时间内叫做维尔克,赫尔曼·维尔克,一等兵。一年中,他几乎花费了三个季度的时间背负着一座小小的凭证制造工厂:一枚公章和一叠表格。这一切意味着许许多多:马克,要多少有多少;名字,愿多少给多少。凭借这座凭证制造工厂,他可以让半个连的士兵悄悄地溜走,组成一支虚构的私人部队,朝着虚构的目标一路前进,然而还保留着严格的合法性,因为这枚公章是真的。他在名叫维尔克以前被唤作瓦尔多夫。瓦尔多夫驾车在地方上驶来驶去,而在先前他又有名字,叫做施奴尔。他选用的名字,其实是在书写时偶尔想起的。他制造并生产出种种存在,这是一类并不允许的存在,事实上也没有。可是,它们却由于在一张纸上盖一枚公章从而获得一种似乎真实的生命。这是一枚盖在绿方格纸上的橡皮印，它赋予众多的名字合法身份。他自身的这些变体继续生活在种种名册和簿册上。这些从来也没有真正存在过的变体，它们登记在过夜住宿的棚屋旅社里，用于支付商场订货，出现在库房和火车站的电影院内。他甚至把袜子和手枪都领在此时再也想不起来的某一名下。就是这样的一种变体，用一种几乎令他发笑、却又毫无价值的器具制造出来的，即：一块粘在木头上的橡皮，橡皮上有几个凸出的字母符号，构成一组号码，号码围绕着一只神圣的雄鹰，鹰爪护住一个小小的十字装饰：这就是全部的神圣所在。一张纸，它完善了这个一文不值的骗局……他在这段时间里有了许多名字，这一切都发生在三天以前，而他却觉得已经消逝久远了。他记不起这么许多了。当他踟蹰街头，背诵这回使用的名字，凯勒，埃里希·凯勒时，他想起了自己被枪毙的名字应该是宏格勒茨，而凯勒却是一个十分昂贵的名字：两千马克……

他来到一个还有房屋和住人的地方时已经很迟了。面前两堆湿漉漉的灰烬，底下流淌着黄浊的液体，一直淌到大块的沥青地面上。灰堆里站着一个女人，金黄的头发，十分肮脏。她的脸色灰白，眼睛如同死人的一般。"面包，"她向着他高声喊了起来，"面包。"面包，他想，并且停住了脚步，仔细地打量着她。"面包，"她又喊了起来，"面包票。"他开始掏摸口袋，寻找马克——他还真的找到了六个马克，脏兮兮的纸币，于是朝她递送过去。"面包。"他说。她摇了摇头。"二十马克一公斤。"她说。他瞪着眼睛，一面试图计算一下,可是没有得出答案。"用五个马克,"他说,"可以买半磅。"她从大衣口袋里伸出手,在一堆微红而又肮脏的面包票中间翻动着。他交给她五个马克,看到自己手上拿到了面包票,小小的纸片,印着字母花饰。"还有一点儿价值吗?"他轻声地问。她生气地抬起目光,挤弄着睫毛,像洋娃娃似的。"当然啦,"她说,"现在和平了,你还不知道吗?""和平,"他说,"从什么时候开始的?"

"从今天早晨,"她说,"从今天早晨开始和平……战争结束了……"

"我知道,"他说,"它早就已经结束了,可是和平呢?"

"我们投降了,你不相信吗?"

"不……"

她向着坐在没几步路以外墙脚上的一位截肢的伤残人喊了一声,那人手上拿着一盒打开的香烟,一拐一拐地走了过来。"他不相信已经和平了,"她大声说,"你从哪里来的?"他一声不吭,没有回答。

"是的,肯定的,战争已经结束了,真的结束了。你还没有听说吗?"

"没有,"汉斯说,"我拿这个票到什么地方去买面包?它们还新鲜吗?"

"对,"伤残的人说,"它们是新鲜的。我们从来不骗人——面包房就在旁边转弯处。你想买面包吗?"

"不,它们肯定太贵了。"

"六个马克……"

在转弯角上他用这张票果然买到了面包。秤得非常仔细，五片，女店家把最后一片扔在天平秤上时太重了，秤上的指针指着二百七十克，于是，她切下一只角，将它放在一只特殊的篮子内……

他坐在一只粪箕上，小心而又隆重地吃着面包片，沉思地数着女店主找回的格罗申硬币，以此庆祝着和平的开始……

他不知道面包竟然这么昂贵。他慢慢地把手伸进大衣口袋，想要掏摸烟盒，当他发现折皱的信封时，便把它拿了出来，重新读了一遍：勒基娜·翁格，梅尔克大街十七号……

他面前必须穿越的废墟又是另外一番模样。这里是覆盖着一片茂密绿色的山坡，上面长着许多小树，杂草丛生，色彩斑斓，淹没到膝盖——柔软的小山坡。公路断断续续地出没在废墟间，犹如山谷一样，和平的乡村山谷。路边堆放着粗重的木头，山谷间支撑着有轨电车的架空电线，铺着石块的路面上游动着摩擦得铮亮的铁轨，他在这段路上走了很长时间，后来遇到一个蹲坐在石头上的人，那人的上方有一张黄色的硬板纸片，纸片上写着一个大大的绿字H，他好像在候车。

蹲坐在那里的人疲惫地看着他，下意识保护性地把手搁在一只破旧的口袋上，洞口明显地露出里面装的一袋土豆。"电车在这里停靠吗？"汉斯问。"是的。"那人简短地答了一声，转过背去。汉斯坐在人行道的边沿上，越过这一条条绿色的山坡，他看到远方被烧毁了的房子侧影，看到几乎成为废墟的教堂残留下的狰狞面目。突然，他的目光落在一个古怪而又巨大的金属圈环上，圈环从一座废墟的山坡上冒出来，似乎仍然保持着原有的形状。金属被火焰吞食成一团黑色，可是从金属环的内圈里他认出了那只被塑造成性欲反常的大鸟，模样完好如初，原来这是一只用于夜间照明的红公鸡：一家酒吧的灯光广告。它在一个大型的圈内装饰了一只公鸡，公鸡好像不时地想要引吭高歌；一只舞蹈生风的红公鸡，火红的灯光衬托着黄蓝绿的广告，它们相得益彰，十分醒目。他又回过头，看一眼蹲坐在土豆旁边的男人，问："这就是大路吗？"

"嗯。"那人不情愿地回答了一声，宽大黑色的背影一点儿也没有移动。

车站旁慢慢地聚拢了一些人。并没有看到他们是从哪里来的，他们好像是从山坡上长出来似的，无声无息，无影无踪，似乎从这块平地的一无所有之中惊醒过来了。这是一批精灵，他们的道路和目标是无法认清的。他们带着行李口袋、木板箱、纸板箱，唯一的希望好像就是这块写有绿色停车大字 H 的黄硬纸牌。他们一声不吭地冒了出来，默默地排队，结成一个厚厚的团，直到电车的吱嘎声和铃声响起的时候，这个厚厚的团才显示了生命的特征……

5

出现在门框下的女人穿着一件长长的黑大衣,衣领高高地翻起,漂亮的头颅缩在高高的衣领角间,好像昂贵的果实剥离在深色的果壳里一样。她的头发浅亮,几乎发白,灰色的脸呈圆盘形,一双少有的深色的三角眼十分引人注目……

"怎么?您要什么?"她问。

他轻轻地说:"翁格太太,我把大衣给您送回来了——我为他服务时……"

"大衣,"她不信任地问了一声,"哪一件大衣?"

"它就挂在医院里,"他说,"在楼下透视室里,天很冷……我就……"

她往前走近几步,他看到她微笑着,而脸色显得更加苍白。"请进来吧!"她小声地说,他走进零乱的房间,关上了门,房间里一股霉味……

他手足无措地站在那里张望着,里面没有任何人。门后角落间床上的被子掀开了,女人的大衣往后倒翻着,他看到大衣下面露出黄色睡裤的裤腿。显然,他敲门的声音把她从床上惊醒了……

他慢慢地脱下大衣,从衣袋里掏出烟盒,把两样东西递给她,轻轻地说:"这里还有烟,请您原谅……我已经动用过了……"

她只是点了点头。他突然发现,她既没有听他讲话,也没有看他一眼,尽管她直瞪瞪地凝视着他。她赤裸着瘦瘦的双腿,他清楚地看到她的身后有四只粗糙的木腿,连着横杆,是一只摇篮或者是一张童床。周围一片寂静,他从她身旁看出去,看到窗户。窗户被几家商店挡着,天早就暗了下来……

突然,昏暗的电灯熄灭了,电灯就挂在她的头顶上,他不由得叫了起来:"我的上帝。"

"不要紧,"她说,"马上就会来电的……"

他默默地站着,听到她拿起了一盒火柴。火柴擦亮了,昏黄的火光落在她的脸上。突然,比刚才更暗了,只在床边的五斗橱上留着一点光亮。她点燃一支蜡烛……

"请坐!"她说。

他没有看到有椅子,于是便坐在床上。

"请您务必原谅。"他开始说。

"别说了,"她轻轻地喊了起来,"请您别再说这件事了!"

他沉默了,心里想:我现在该走了,可是我不想走,而且也不知道该往哪里走。他看着女人,他们的目光相互碰撞一阵,又各自吞下了对方的眼神。他说:"外面还很亮,您可以节省一点儿蜡烛。"

她默默地摇了摇头,又朝停放在房间中央的摇篮投去一眼。

"请您原谅,"他说,"我将小声一点儿讲话。"

她使劲抿着双唇，他感到，她似乎想要压住微笑。她轻轻地说了句："您的声音不会把他唤醒的……什么也唤不醒他……他死了……已经埋了。"

她那无所谓的声音对他却是沉重的打击。他惊愕着，感到必须说一点儿或者问一点儿什么。

"是死婴吗？"他问道，并且使劲咬住自己的嘴唇。

"不。"她平静地说。说完，她一跃翻身躺在床上，用被子盖住身体，把黑色的衣领紧紧地裹住脖子。

"正当美国人推进的时候，"她说，"他死了，那是三天前的事。当时，一阵德国的机枪子弹打穿了我们的窗户，这个世界散发着的迷人的光芒从此永远地与他无缘了。"她指了指窗子，透过混乱的弹孔，他看到后面窗门剥落的油漆，绿色。她的手指又继续地比画开去："子弹呼啸着从天花板上穿过，细腻的石膏像白糖一样朝着我们纷纷扬扬地飘落下来……"

她突然一声不响了，朝着墙壁转过身去。她安静地躺着，连他都听不到呼吸声。她的肩膀显得僵直，像木头一样动也不动。"我现在要睡了，"她说，"我很累。"

"再见。"他说。

"您睡在什么地方呢？"

"我不知道，"他迟疑着说，等了一会儿，他又接着说，"我想——我也许可以睡在您的任意一间屋内。"

"我只有一间屋子，"她静静地说，"墙角上有两条旧的垫被，盖被在柜橱上面。"

他没有做声。"您没有听见吗?"她问道,连身子都没有转,动也没有动。

"听到了,"他说,"谢谢。"他很快就找到了两条红色的旧垫被,垫被散发出湖边嫩草的清香。他把垫被铺在地上,然后踮起脚尖,想从柜橱里取出两床卷在一起的盖被,盖被散发出阵阵煤气味。

"如果您铺设完了,"她从床上喊着说,"那么请把蜡烛熄掉。"

"好的,"他说,当他把蜡烛吹熄的时候,又对她轻轻地招呼一声:"晚安。"

"晚安。"她回答。

他虽然十分疲劳,可是却不能马上入睡。他感到非常舒服,能把两条腿真正地伸开。另外,他确切地知道眼下他有了一张足够应付一切的证件。他偶尔也希望从寂静中听到她那轻微的呼吸声。透过斜挂的窗门是一个三角形的洞口,顺着洞口,他看到外面的天色慢慢地暗了下来……

醒来的时候天还没有完全亮,他感到一阵寒意。光线穿过斜挂的窗门直射进来,天花板上成了一个灰色的三角形的日光图,光线在房间里软弱无力地散发开来……

他就睡在地板上,所以能够透过摇篮的底架看到她躺在床上,看到她正在吸烟。她吐出一团团浅灰而又浓密的烟雾,烟雾与日光交织在一起,像灰尘一般弥漫开来,穿过房间内一些暗淡的物体,看上去犹如一团迷雾。她的左胳膊随着香烟一起露在床的外端，他看到褐色毛线衣的衣袖，一只小小的白手和冒着烟的烟蒂。他看着那张苍白的圆脸，浅色的头发，散乱地披在头间、眼间，浓浓密密，安安静静……

然后，她瞅见了他，低低地说了声："早上好。"

"早上好。"他声音嘶哑地回答了一句。

"你冷吗？"

他听到她用"你"称呼自己时，不由得感到一阵奇异的燥热和惊骇，它们沿着脊椎骨滑溜而下。这是一种没有羞耻的理所当然，是一种难以描述的感动……

"是的。"他嘶哑地说。他感到几乎难以使用自己的声音，声音好像完全破损而且消失了。

她朝前探出身子，给他扔去一条卷着的被子。被子落在他的榻前，扬起一股灰土，他被呛得咳嗽起来。

"谢谢。"他说，一面解开卷叠着的被子，摊开，盖住自己，一面又把被子沿着垫被掖了进去，掖紧。

窗门在天花板上形成的三角形光斑越来越亮，扬起的灰尘也显得越来越清晰，而且变得越来越混浊了。

"你要抽支烟吗？"她轻轻地喊了声。

"好的。"他说，又一回感到"你"的称呼像是一记撞击。

她把手伸到枕头底下，掏出一只已经压扁的烟盒，点上一支烟，人顿时活跃起来——接着她又口吃起来，轻轻地说："我不能——现在还越不过去……"听罢讲话，他掀开自己的被子，拉了拉没有脱掉的裤子，赤脚朝她走了过去。当他越过光带的时候，感觉到一阵轻微而又舒适的温暖。他立定脚跟，眼睛深深地瞅着空空的摇篮：枕头还皱巴巴的，一块可爱的小凹槽，那是孩子曾经躺过的地方……

突然，他的身上叠起一阵阴影，看到女人也起来了，站在摇篮的一头，挡住了窗门洞口透射的阳光。阳光聚集在她狭小的背上，分散着，好像组成了光环。她那苍白的脸上全是阴影。她把烟递送上去，他接过来塞到嘴边。她的目光下垂地注视着摇篮，他看到她的双唇在抖动。

"我不能，"她耳语似的说，"我不能悲伤。这不是滑稽吗？"她看着他，似乎想要失声痛哭。"听起来显得不自然，可是我并不感到这里有丝毫的不合情理——你明白吗——我几乎妒忌这一点——这个世界上一切都不是我们的，你明白吗？"

他点点头。她退了回去，阳光又落在他的脸上，让他感到一阵刺眼：太阳似乎升得很快，宽阔的光线垂直而下，摇篮的下半部分全都遮在阴影里了。

"我很冷。"她说，他看到她掀开被子，然后钻到床上去了。

"要不要把窗户打开？"他轻轻地问，"外面已经亮了，是吗？"

"不，不，"她急忙说，"让它关着吧。"

他走回自己的卧榻，抓起袜子，套在脚上，接着又从桌旁拿起大衣，披在身上，然后坐到她的床上。

他又一次猛烈地吸了口烟，感到心里升腾起一阵眩晕和恶心。他掐灭了烟火，把剩余的部分塞进口袋。他有一大堆的疑问想要问她，可是却连一个字也吐不出口。他从她一旁看过去，看到窗门窗框，看到那边桌子上堆满了衣服和杂物。左面是一张柜，柜上堆了一圈没有洗过的碗盏，还有几个没有削过皮的土豆。他突然意识到，原来自己饿了。犹如一阵痉挛，他胃里强行吞咽进了难以名状的渴望……

"您是否有一点儿，"他问，"你是否能给我一点儿面包……？"

她看着他，目光落在他的身上犹如一阵打击。他感到自己好像踽蹒着往后退，而同时又被往前拉着……

"不，"她说，嘴唇几乎没有动弹。"我没有面包。如果有面包，过一会儿自会有人送来的……"

他往后挪了挪坐的位置，正好把身体靠在床的另外一头，而又突然听到自己讲话的声音："我能够留在你这里吗——我指的是暂时——长期——或者永远，行吗？"

"行。"她立即回答。

他们的目光又相互分散开去，她把一只胳膊从头下挪开，拉上被子，盖住肩膀，侧转身，朝墙睡去……

"你可以留在我这里，"她又说了一句，"我没有丈夫，也并不等待任何——我有过——我曾经跟一个男人在一起——一年前。这个孩子，这是他的。我不认识他，也不知道他的名字,他只是对我称呼你,而我,我也称呼他为你,这就是一切。可是你,你有妻子,不是吗?"

"是的,她死了。"

"可是你常常想她。"

"我是常常想她,我非常地想念她。我十分悲痛,这还不仅是因为我爱她,而她却没有了——不,不是的,别这样去想。这里完全是另外一回事。"他往后靠了下去,最后横躺在床上,头一直顶到墙壁——他注意到她把脚往上抬着抽了回去,那是为了给他让出位置。她紧张地注视着,见他从口袋里拿出烟头,便顺手把火柴丢给了他——"另外,"他继续说,"我很悲伤,我还根本不认识她。现在,我还没有来得及给她说几句体贴的话,她却走了。我待她并不温柔。婚礼办得很简单,一切都匆匆忙忙,防空警报让人人听了胆战心惊,天又冷——哥特式教堂的窗户大玻璃全都取下来,换上浸湿的硬纸板,教堂里一片肮脏和昏暗。祭坛前的长明灯始终歪斜着,发出吱吱的响声,灯盏晃动着。它吊挂在一根大铁链上,大铁链固定在拱顶的石板间。我们几乎花了半个小时等候神甫。当我看着岳父肥胖而又苍白的脖颈时,我真是感到无聊极了——这是我平生看到的第一块令人反感的肉。然后神甫进来了,一位闷闷不乐的家伙,匆忙之际把一件又长又大的白袍穿在自己的教士长袍上面……"

他沉默一会儿,熄灭了烟火,顺手抛下了烟蒂。

"十分钟以后我们结了婚。大家都神经质。寒风呼啸,只要任意一点儿与此不同的声音，任何从旁驶过的汽车发出的喇叭声或者吱嘎声，或者当有轨电车从墙角驶过时的轧轧声，都会让大家惊悸不安，他们随时作着逃跑的准备。"

他看着她，叹了口气。"继续往下说。"她催促着。

"当我们回到家时，一份电报已经搁在那里，给我的。我必须回东方战线去。我还没有停留半个小时就乘车走掉了——虽然——虽然我可以在家耽搁一天……"

"你还没有跟她在一起过……"

"没有。"他说，接着又沉默了，看着她。她朝他点点头，示意他继续讲下去……

"两个月以后她来看望我。那时我受了伤，躺在野战医院里……"

他清晰地回想起相互依偎着度过的那个唯一的夜晚，可是他现在却不愿提到它。他突然明白，他从此以后再也不会提到它。他朝前探过身子，用一只手撑住床沿，朝她转过背去，注视着墙壁，墙上的三角形光斑已经到了半扇门的高度了，十分明亮。

当时，他看到她的头顶，就在眼睛上面，细小而又白色的头缝。他从自己的皮肤上感到了她的乳峰，从自己的脸上感到从她口中呼出的温暖的气息。顺着头顶间细小而又白色的头缝，他的目光一路往下，看到无穷无尽的远方去了。

他的腰带就搁在地毯的什么地方，那上面有一行明显凸起的文字：上帝和我们在一起。他的军装也一定在什么地方，军装的衣领已经脏了，什么地方还有一只钟，发出滴答滴答的响声……

窗户全都敞开着。他听到外面的平台上有碎玻璃发出的吱嘎声，很柔和。他听到男男女女轻轻的笑声。蔚蓝的天空，美丽的夏夜。

他还听到她的心脏跳动的声音，离得很近，就在他的胸前，他的目光又不断地沿着她那细小而又白色的头缝一路往下。

天暗了下来，可是天空中却仍然保留着夏日的温柔和圣洁。他知道，他现在离她近得不能再近了，可是又距离她遥远得无边无际。他们都一声不吭，没有人提到结婚的日子，提到婚礼，或者提到他在两年前将她送到火车站的分别时刻……

他感到滴滴答答的钟声催促着，钟的声音比他自己胸间的心跳更激烈，而他却并不知道这里的心跳究竟是他的还是她的。这一切都叫做：度假吧，直到闹钟响。它意味着：躺在一个女人身旁再睡一会。所以，闹钟应该滴滴答答地响动，他甚至获准去取一瓶葡萄酒来。

他清楚地看到那只瓶，就在五斗橱上的阴暗之中，这里只有一道明亮的光线。那是酒瓶，黑暗中的一道光线，它是空的。地毯上一定有一只软木塞，那里还堆着军装、裤子和腰带……

后来，他伸出手臂把她抱住，然而又空下一只手来吸烟。他们一言不发，他们的相会都是沉默着一言不发的。

他一直想跟一个女人说说话，可是什么也没有说……

外面的天色越来越暗。平台上，度假客人的笑声停歇了，女人们的吃吃欢笑也成了哈欠连天。后来，他又听到服务员在整理杯盏。为了取走玻璃杯，他一只手上抓拿了四五只，杯子碰撞得叮当直响。然后，开始收拾酒瓶，碰撞的声音显得深沉，也显得完整。最后又是一道工序，取下桌布，折起椅子，移开桌子。他又听到一个女人非常仔细地打扫了很长时间：这个夜晚的存在似乎完全因为有了那个未曾见过面却又非常仔细的女人，她在扫地，干得几乎毫无声息，十分安静，非常柔和而有规律。他听到扫帚划过地面时的声音，于是便从想象中看到女人从平台的一端走到另一端，然后听到朝着门外询问的声音，疲倦而又粗犷："还没有完吗？"女人同样疲倦地回答了一声："好了，马上……"

不一会儿，外面全部安静下来，天空变得暗蓝，远方还传来了音乐声。

钟继续滴滴答答。它消逝的每一分钟都让他惊讶自己还活着。酒瓶始终在那里，一条光线在黑暗中变得越来越小。

身旁的女人突然惊跳起来，仔细地端详着他，她的脸瘦削，十分苍白，一双眼睛在这样天鹅绒般的黑暗之中显得又圆又大，深褐色的头发使得她更加年轻。她陌生地瞅着他，几乎显得十分惊恐，然后又闭上眼睛，抓起他的手……

于是，他们相互依偎着，躺在一起，直到天亮。红葡萄酒瓶慢慢地从黑暗中显露出来。一道光线，变得越来越宽，越来越亮，最后结晶成一个理想的圆。地板上堆放着军装，扣着已经戴脏了的领结，一旁搁着的腰带上面有一行明显凸起的文字：上帝和我们在一起。文字清楚利落地冲压在神圣的十字饰符号的周围……

正当他想着这一切，盯住墙壁看的时候，三角形的光圈又往上升高了一掌，光线发黄，明显地发黄，他估计大概到八点钟了。当钢丝床垫咯咯作响时，他突然翻转身子，看到她已经起床了：她束紧睡衣，光着一双小脚，走到堆放衣服的桌旁，很快地收拾一番，把各式杂物都一股脑儿地搁在手上。当她走近门边时，又在他旁边停下脚步，把鞋子套在脚上，轻轻地问他："那么，她是什么时候死的呢？"

"后来，当她被接走的时候。"他说。他很高兴，因为他又开始讲话了。"火车被炸了，人们看到她的尸体躺在铁轨的碎石间，身上没有一点儿受伤的痕迹。我想，她是因为害怕而死的——她是很胆小的人……"

"你希望她现在还活着吗？"

他惊讶地看着她；他还从来没有想过这件事。可是，他脱口而出："不，我并不希望……我乐意看到她的安详……"

她开始扣上黑大衣的纽扣，然后把衣服扔到肩上。"我去穿衣服。"她说。

"是吗?"他说。她还没有跨出门时,他问了一声:"你难道还有一间屋子吗……?"

她的脸红了,红晕猛地冲上她那苍白的脸,然后又很快地退了下去。"是的,"她说,"可是昨天夜里我害怕一个人度过——前天夜里还跟我在一起的呢。"

她走了出去,他听到她穿过走廊时踢踢踏踏的拖鞋声,并且在一个地方开了门。他翻身起来,朝窗户走去……

当他把窗栓推向一旁,把窗门朝外打开时,他立即闭上眼睛:外面一片明亮。太阳照耀着,又强烈,又温暖。隔开一条狭小的街道,对面公园里的荒地上绿油油的一片,十分繁茂。他觉得树木似乎从来没有这么苍劲地绿,从来没有生长过这么茂密的枝叶。天空晴朗,鸟儿在灌木丛中呢喃欢语,它们尽情地鸣叫,声音又激烈又嘹亮……

远方,在许多小果园的背后,透过铁路路堤,他看到一道耸立的黑影,残破不堪,那是从前的城市,现在被烧成了焦炭一般的残骸——他感到一阵深深的钻心刺痛,便又把窗户关了起来。里面又变得朦朦胧胧地安静了,鸟儿的鸣叫被隔断在外面。这时候,他才明白,她其实是不愿意打开窗户的。

6

他还一直躺在床上,不知道想什么。他常常很累,有时候却不能入眠。屋顶还在漏雨,而他却并不起来,只是拖过一条被子盖住头,任凭外面下个不停——一切都会重新干的。有时候他也吸烟,只要她给他送来烟丝或者香烟;他还吃面包,喝咖啡,喝汤:经常有汤,面包上也有果酱。他并不常常看到她,有时候她一连几天没有露面,然后他只是听到她走进厨房的声音。清晨,当他起身时,总是能够在厨房找到一些吃的东西:人造黄油,面包,炉子上放着一只铅皮壶,装着咖啡,他只要推上插头就行了……

可是,她经常每天进一回他的房间:他现在住在大房间里,而她睡在厨房间的靠几上。她把头伸进房间,他看着她那苍白而又美丽的脸。她问:"你要一点儿吃的还是要一支香烟?"如果他说行——他总是说行的——她便走进来,把一切都搁在桌子上,然后走开。有时候他也喊一声:"请等一下。"她立刻在急速的动作中停顿下来,转过身子,手里攥着门把手,说:"好的,怎么啦……?"他总是先沉默一回,然后才费力地迸出一句:"我马上起来,只要再过几天,我会帮助你的……"

"算了吧。"她生气地说了句,走了出去。整整一天她都没有过来找他。他在早上起来以后必须走进厨房,看她是否给自己留下什么吃的。那里始终有一张纸，写着：你可以吃掉一半面包和一半人造奶油。或者写上：只有一点儿汤了，橱里有香烟——

他常常饿，可是也并没有饿得非要起床不可。他只是上个厕所，非常麻烦，他必须穿上全部的衣服，走下楼梯。于是，他也常常遇到显然住在下面的人：一位高个子金发女郎，不信任地看着他，直到他说一声"你好"，才勉强回答一句"你好"；或者另一位年龄稍大的女人，好像就住在他的底楼：一张疲倦不堪的脸，遮掩在并不松散的头发下面，尽管他打着招呼"你好"，可是她却一声不吭。下面好像还住着一些男人，他经常听到他们唱歌或者咒骂。有一回，他遇到一位身上穿得奇异漂亮的男子，合身的蓝西装，白衬衫，绿色的领带，甚至还戴着顶帽子，他也招呼"你好"。有时候他还听到汽车从一旁驶过，可是这都发生在晚上，他在晚上从来不起身。

时光流逝。他亲身体验到了，时光像倏忽匆忙的梦，同时又显得无限冗长：一杯奇异灰色却又淡而无味的饮料，这就是他每时每刻都必须往下吞咽的时光……

一天傍晚，他问勒基娜："今天是几号？"她站在门口，连身子都没有转过来，说："二十五号。"

他倒吃一惊：已经在床上躺了整整三个星期了。三个星期无边无际，他以为在床上已经度过了一辈子。就在这间无所照明的房间里，窗户锁着，只是送进来面包、香烟、汤……

三个星期啊！真像过了整整的三年。他已经没有时间的感觉了——他似乎陷落进这一灰色而又无可置信的现实之中。

勒基娜一连两天没来找他，他只是听到她在自己的房间里走动。当他早晨起来，走进厨房，想要找点儿吃喝时，面前什么吃的也没有，连纸条也没有；他翻遍了抽屉、橱柜，可是什么吃的也没有。不知什么地方冒出一只旧的人造奶油的杯子，里面还剩下一点儿，也许是她忘掉了没有收藏起来：这是一团深色的结块，看来原先是粉状的，散发着汤味。他把结块溶解在水里，然后把锅搁在炉灶上。他虽然饿了，可是等到结块在锅里热了，散发一股味道时，他却感到不适，想要呕吐：看来那是从前买下的汤料，完全是人工的，令人作呕，然而他还是喝了下去。

晚上，他听到勒基娜回来了。他呼喊着她，可是她却不过来，而他非常疲倦，懒得起床。后来，当她在黑暗中穿过走廊走着的时候，他又喊了一声，但她还是没有听到。她重新走回厨房，他却仍然十分疲劳，不想起身，也不想跟她搭讪……

第二天早上，厨房里仍然一无所有，可是却搁着一张纸：我什么也没有了——也许今天晚上有点儿希望。他在厨房里等候着，后来又躺在床上睡着了，醒来的时候她已经回来了——刚刚中午时分。

他走过去，进了厨房，看到她疲倦地坐在椅子上，手上夹着一支烟，桌子上放着面包。

她看到他突然站在面前,大笑起来。"嘀嘀,"她说,"饥饿终于把你变得活泼起来……"

"抱歉,"接着她又小声地说,"来,吃吧!"

他感到自己的脸红了起来,仔细地打量着她:她那苍白的脸上毫无讥笑的意思,脸微微地红着,他第一次冲动地希望吻她一下。

当他坐到桌旁,喝着咖啡,小心翼翼地把面包送入口中时,她问:"难道你没有任何证件吗……?"

"有,"他说,"只是它们都不是真实的……"

"拿来让我看一下。"

他从口袋里掏出证书,递给她。她仔细地打量一番,皱了皱眉头,然后说:"看起来很像是真的。怎么,你不认为可以试一下,凭着它去领面包票吗?"

他摇摇头。"不,"他说,"这个人已经死了——那不是我的名字——如果被他们发觉了……"

"你该有自己真正的证件。"

"对,"他说,"可是又怎么样呢,再说,你常常进城吗?"

"当然喽,每天都去。"

"你有一只信封吗?"

"有。"

"请给我一只。"

她奇怪地看了看他,站起身来,打开碗橱抽屉,拿出一只绿色的信封。

他把证书塞进信封，封上，用铅笔在上面写着："瓦埃纳博士，文策提纳慈善医院。"

"这不是我的，"他说，"这张证书，你能替我从那里寄出去吗？"

她接过信封，看着地址，说："可以。不过，你不能没有证件，他们逮捕一切没有正式退役证的人。"

她藏好信封，站起来。"如果你愿意，我就将它寄出去。它不是你的吗？"

"我借来的，"他说，"可是忘掉归还了。"

她转过身来，感到很奇怪，听到他问了一句："用什么办法可以赚到钱？"

她笑了起来："你想赚钱吗？"

"对。"他说，他看到她低垂着眼皮，苍白的脸颊上浮现着娇艳而又黑色的晕圈。她又张开眼睛，他看到她是严肃的。她坐下，从口袋里拿出香烟，给了他一支，说："我很高兴，你能跟我谈这些话。这里不会很长的。这里，"说着，她从购物袋里拿出一架用白纸裹着的照相机，"这是我全部的财产了。你曾经从事过何种职业？"

"书商。"他说。

她笑了："我还没有看到书店，另外，光靠劳动，你不能生活……"

"怎么办呢？"

"黑市生意，"她说，"这是正道所在。"她仔细地看着他，他感到她似乎在微笑，同时又显得严肃、庄重，十分漂亮。他在心底里升起一股痛楚的渴望,想要吻她。"可是黑市生意,"她继续说,"对你是不行的。别去尝试了,这是毫无意义的,我是从你的外表上看出这一点的。你明白吗?"

他耸了耸肩膀:"我该干什么呢?"

"偷,"她说,"这是另一种可能。"她又疑虑地看着他,"你也许可以干这种活……可是,你首先应该有真正的证件,以便让你走出去,让我们得到面包票……"

她好像在沉思,重新把照相机塞进去,然后冷不丁地说了声:"再见……"

这一天他没有睡。他心绪不安地等待着,直到她又回来了。整个下午他都蹲在自己的房间里,打开一扇窗门,看着外面。外面是一座巨大而又无人管理的公园。远方是灰蒙蒙的天,无边无际。他看到一小群人在移动:几个男人和女人正在伐木;他听到斧子砍动以及树木倒下的咔嚓声。

傍晚,勒基娜迅速来到他的房间,把一张白纸摊在他的桌子上。他朝着她走过去,手搁在她的肩膀上,靠在她的身旁,看着印刷得密密麻麻的白纸,她瘦削的食指划动着从一个栏目到另一个栏目,然后轻轻地说:"你只要在这里写上你叫什么名字,或者你愿意叫什么名字——你的职业——你的出生时间——出生地点——地点这一栏填你被抓住的地方——其他的一切都是真的,真的盖上章,签上名,而在这里填写上释放你的兵营,请记住。这些都必须用英语和德语填写——你会英语吗？"

"会一点儿，"他说，"我的上帝，你怎么会有这个东西？"

"换的。"她说，可是当他紧紧搂住她的肩膀时，她又挣脱了……

"另外的那份我已经在医院里发出去了。"

"谢谢。"他说。

她转过身子，朝门口走去……

"勒基娜，"他喊着。

"怎么啦？"她说。

"留在我这里。"他说着便朝她走去。

她想要微笑一声，可是却没能成功。她平静地站着，而他把双手放在她的肩膀上，吻着她。

"别，别，"她小声地说，他松下手来。"放了我吧——我很累，快要累死了——我不能，我也饿了，很饿。"

"我相信我爱上你了，"他说，"你爱我吗？"

"我想是的，"她疲倦地说，"我想是真的，可是今天请放了我，还是让我一个人——"

"好的，"他说，"请原谅。"

她只是点了点头，当她往外走时，他给她打开房门。他看到她迈着疲惫的脚步进了厨房，听到她随即躺了下去，连灯都没有开……

7

他不明白,时间怎么才过了三个星期,他觉得比一年还长。修女好像不认识他了,她自己也稍有变化:肉鼓鼓的手臂和孩子似的手瘦了一点儿,傻乎乎的宽脸膛上满是悲哀。他立刻认出了她。她倾着身子站在一只热气腾腾的大桶旁边舀汤。几位姑娘在充满蒸汽的窗口前排队,轮到的人把铁皮罐的嘴子朝她放着。她全身笼罩在热汤的雾气里,点着数舀着滚烫的液体。这里散发着萝卜和一点儿肥肉的香味。戴着蓝白相间围裙的队伍在慢慢地缩小,他已经听到勺子刮擦桶底的声音,看到蒸汽团慢慢地稀薄了。雾气从他身旁顺着敞开的大门扑了出去,在他的脸上凝结着,犹如微微的热汗。汗渐渐地冷了下来,雾气又像毛毛细雨,透出一股清水味。姑娘们穿过一扇巨大的移门走出厨房间,移门靠着旧门洞,上面的轨道全部弯曲了。有时吹进一阵风,驱散了水蒸气,让它们从打开的窗口飘出去。修女顿时又清晰可辨了,在她面前是两个姑娘的瘦瘦的脖颈,她们还在等着……

一辆汽车从他身后驶入院子,一车芜青甘蓝被呼隆隆地推倒在地上。修女迅速离开她的位置,站到门口,生气地喊着:"你们当心点儿,弄坏了那么多,它们毕竟是给人……烧着吃的……"

她站的地方离他很近,他看到她的脸生气得在抖动,听到身后运输的人哈哈大笑。他转过身去，一个人正用粪叉从汽车里的斜坡堆上铲萝卜。司机请修女在纸条上签字。他很胖，苍白的脸，好像有急事。修女把签过名的纸条交给司机，看着他的背影摇摇头，然后又看着汉斯。她的手上还一直拿着勺子，稀溜溜的热汤往下滴着。"您要什么？"她问。

"一点儿吃的……"

"不可能，"她一边走一边说，"都是定量的，不可能……"

他还是站在那里，看着她如何打发走了最后的两名姑娘。

他感到冷。昨天下过雪，一场让人不愉快的五月烂雪。院子里十分泥泞，一些墙角间，在完全背阴的地方，他看到团团脏雪还堆在瓦砾和断壁上。

修女给他打着手势。她把勺子在桶口上方笨拙地挥舞一下，他立即朝她走了过去……

她悄悄地说："您别告诉别人，说我给了您一点儿吃的，否则明天会来半个城市的人。站在这里，行了，"她急促地喊着，"您来吧……"

她从桶里舀上来半勺子，倒入一只铁皮碗内。"快！"她说。他看她朝门口奔去，观察是否有人发现……

他很快把汤喝下去。汤又稀又烫，味道却很鲜美。首先，它是热的。他感到一行清泪止不住地流下来。他无法控制，泪水直接流了出来。他抽不出空用双手掩住眼眶，他觉得泪水清冷地残留在脸上的皱纹里,然后斜着流向嘴角,他已经尝到了泪水的咸味……

他把碗放回桶边,朝门走去。他看到修女的脸上没有了同情,好像有一点痛苦,是一种冷漠和孩童般的温柔。"您很饿吗?"她问。他点点头。"真的?"他又用力地点了点头,紧张地瞅着她那美丽的嘴,弓形地布局在一张苍白而又胖胖的脸上。"且等一下……"

她朝停在棚屋厨房间里的一张桌子走去。停了一会儿,他看到她拉开抽屉,真希望她能给他一点儿面包,可是他看到她只是抽出一张纸,仔细地撸平,递给他。他读着:"面包票,一只,取货地点:鲁本街八号,于戈姆佩尔茨先生处。"

"谢谢,"他小声地说,"谢谢,我现在可以直接去吗?"

"不行,"他说,"太迟了,戒严时间以前您过不去的,您现在到地下室去,明天早上……"

"行,"他说,"谢谢,多谢了……"

8

墙上挂着硬板纸大招牌，写着一行黑体斜字：押金一百马克，交验个人证件。一股霉味、寒酸、贫穷，夹杂着冬天一般少有的汗臭。他顺着长长的队伍慢慢地往前移动，前面是一个黑黝黝的洞口，透过厚厚的水泥墙，上面写着"入口处"。在入口处，一个女人管理着一堆脏兮兮的、撕掉一半的票证，查询各种证件，他把勒基娜搞来的退役证递上。她登记完名字，简短地问："票呢？"当他摇了摇头时，她便把退役证退送出来，灰蒙蒙的脸贪婪而又神经质地颤抖着，接着，她从下一个人手上接过肮脏的证件。后面挤动着人群，不断地向前，向前……

他被推着往里送了进去。里面挤满了人，长凳和桌子都被占了，他只能坐在地板上。他很累。这里一片灰暗，缝隙里透过一点儿阳光，没有灯。突然，大家都呼叫灯光，贪婪的声音汇成了难以辨认的呐喊。他们咆哮着"灯光"、"灯光"。一位脾气乖僻的官员来到门口，干巴巴地宣布不能开灯，因为灯泡每天晚上都被偷掉——等一阵狂呼乱叫过了以后，他再宣布一项规定，主要内容有警告偷盗，此外还答应在早上公布列车的信息……

他蹲在墙角的水泥地上，这里没有新来人的拥挤，他先是为找到了一块安静之处而高兴，可是等到天色昏暗的时候，这里的一切却又变得更加糟糕了。进站的每一辆火车似乎都带来一大群衣衫褴褛的同胞,肮脏的身子,扛着一袋袋马铃薯,鼓鼓囊囊的破衣箱;退役的士兵,他们在手上转动着灰色的军帽,或者把双手深深地插在大衣口袋里。每一次,只要有新的人进站,门就打开一回,于是他就看到人头攒动,混浊的灯光照耀下黑压压的一片,难以辨认。灯光从走廊里照射进来……

后来,官员又进来一回,宣布不准吸烟。下面的人七嘴八舌,乱作一团,算是对他的回答,他生气地喊着说:"反正不关我的事,你们想怎么样就怎么样,去吸吧,去死吧。"

许多角落里都点起了蜡烛头,不少人吸着烟和烟斗,火花汇聚成一团微微的照明。他的背后有两个女人,坐在长凳上,前面用纸箱、衣箱围着,占了一大块地盘。当他仔细看着他们的时候,他们似乎都穷得可怜,十分疲惫,又十分安静,跟他一样,可是当成为团体时,他们声震如雷,令人厌恶。后来,烛光一个个地熄灭,只剩下烟头的火在微微地闪烁,他们一起开始用餐了,尤其是身后的女人,带着纸箱和衣箱的女人,他听得很清楚:她们不停顿地咀嚼着,他觉得她们无穷无尽地咀嚼面包,很长时间里他一直听着这种单调的兔子般的咀嚼,这是她们在黑暗中吃面包。接着吃了一点儿潮湿的东西,然后又是生脆的东西,好像是水果一类,大概是苹果。最后,她们渴了:他非常清楚地听到她们从壶里喝水时发出的咕咚咕咚的声音。左面,右面,前面,后面,大家一齐开始,在黑暗中吃东西。他们好像全都等待着黑暗,以便开始用餐。这是一副龇牙咧嘴的众生相,一幅集体咀嚼的示意图,让人不可思议;这里,那里,不时地发生口角,又很快平息下去;这种模式多样的吃在他的脑子里生下根来,而这种莫名其妙的声音,对此他眼下找不出一个合适的名字:用餐似乎不再是一种美好的必需,而是一条黑暗的法律,迫使他们吞咽,绝对地吞咽。不过,他们的饥饿并没有被止住,倒是加剧了,他感到他们似乎在喘息。咀嚼持续了几个小时,当地下室的一块地方开始安静下来时,在外面,从火车站又塞进一群人来。里面越来越挤。不一会又传来一阵纸片的淅沥声,硬纸箱的爆裂声,急匆匆地寻找口袋、行李、开启小锁的声音以及从瓶子里喝水时发出的令人生厌的汩汩声,充满着黑漆漆的鬼鬼祟祟……

后来,他们小声地交谈,黑暗中的窃窃私语,引发出回忆,想起了幸运的进货旅程,也为陈货的消失而惋惜……

他虽然很冷,额角上却是汗津津的。他摸到了一块垫布的角,坐上,靠着装填得满满的大口袋。他感到里面的马铃薯,像是一具神秘莫测的骨架上支撑在外的骨殖。还有人在吸烟,点燃的烟头稀稀落落,好像在增多。空气浑浊,变得糟糕透了。后来,角落间传来了轻轻的手风琴声。一个声音高喊着:"《埃律卡》,拉一曲《埃律卡》……"手风琴奏起了《埃律卡》。另外有人喊着其他的歌曲。拉手风琴的歌手嘶哑着嗓子要求报酬,于是在黑暗中凑起了送给歌手的看不见的礼物，投入看不见的手中，活动在敏捷之中无声无息地进行着，一切都被置入黑暗之中：一片面包或者一只苹果，一段黄瓜或者一个烟头。突然，什么地方出现了吵闹声，谩骂，殴打，为了一件没有往下递交的礼物。不管怎么说，拉手风琴的歌手否认已经收到礼物，于是拒绝唱歌。礼物消失的地点在捐赠人群的范围内很快查明了。黑压压的人群中渐渐掀起了争吵的架势：人们拥挤着，撞击着，形成一股威胁的浪潮。然后出现了平静，拉手风琴的歌手又为其他的人演奏起来。

他背后的两个女人好像已经睡了，她们非常安静。远处，他听到小两口淫欲的嬉笑声。手风琴停息了，烟头闪烁的光点越来越少。黑暗中，他朝着一个方向摸索着往前，撞上一些毫无规则的捆扎，也不知道那些是口袋还是人……

后来，他兴许已经睡着了，却突然被一阵愤怒的叫喊声惊醒了：任意的一个人踩着了另外一个任意的人，似乎出现了扭打，混乱之中一件行李不见了，响起了一个男子激动的吼叫声："我的箱子，我的箱子……我还得赶火车，二点四十的火车。"随着又附和起另外一群声音："二点四十分，我们也赶这趟车。"黑暗中一阵野蛮的骚动，男子的声音始终还在叫喊寻找他的箱子。然后门打开了，他看到过道上站着一群人，掩映在浑浊的灯光下，男子的声音喊着："警察，警察快来，我的箱子……"

当走廊里出现两顶大盖帽挤到人群中来的时候，周围顿时鸦雀无声。一支大手电的强烈灯光从上空倏忽而过，照耀着灰蒙蒙的空间和卑躬屈膝地等候着的人群。他们显得十分地低声下气，一张张脸朝着灯光，像在教堂里迎着阳光祈祷一样。

警察的声音平静而又清晰："箱子，如果箱子不拿……"可是，那个人似乎拿到了箱子，他喊着说："在这里，我拿到了。"人群中朝他传过去一连串的骂声："白痴，蠢猪，下一回你当心点儿……"

门被锁上了，又是一片漆黑，然而他从这一刻开始却再也睡不着了。每一刻钟都有一番骚动，不安犹如波浪一样荡漾开来，不断催叫着火车开出的时刻。人们大喊着寻找熟人，然后咆哮着从他的行李旁冲过去。空气在这样的水泥团中变得越来越泥泞、浑浊，越来越令人生厌、窒息……

有时候，他举起一只手擦擦额角上的汗水，同时却又感到一股寒气从脚底下往上升起。垫布和背上靠着的口袋都没有了。他慢慢地往前滑动，这回又遇到了阻拦的东西。他探过身子，想要确定面前的东西究竟是死的还是活的，却闻到一股刺鼻的洋葱味。他发现这是一只篮子，大大的，捆扎在一起。他坐在篮子上，仅仅能够坐下就是奇妙异常的了。他蜷伏成一团，把头垂在胸前，不一会便睡着了。突然，他又被人从篮子上推了下去："不要脸的蠢猪。"响起一个声音，他眩晕地跌倒在水泥地上。他只得往旁边挪动一下，蹲坐着蜷成一团，等了一会儿……

周围的空间越来越大,他慢慢地移动着身子,直到又听到了一个人的呼吸声。他伸出手,缓慢地摸索着,触到一条大腿,一只鞋子:这是女人的鞋,高高的鞋跟,一只小小的脚。他弯过身,那里该是她的脸:传来一股呼吸的热气。他伸出双手,顺着热气的范围探索着。他的身子弯得更低了,可是什么也没有看见。后来,他又从这个不知名的女人的呼吸中嗅出了点儿肥皂味,他其实既不知道她的年龄,又不知道她的长相,只是嗅到了微微的香水味和肥皂味。他保持着朝她倾斜的身子,脸对着她的呼吸。呼吸又温暖又平静,美丽的肥皂味似乎越来越浓烈。他朝她翻过身去,把脸埋进她的大衣:麝香味,薄荷味,强烈而又甜蜜的气味交织一起,相互作用着,他又睡着了……

当他再次醒来时,房间里都空了,在他身旁的不知名的女人也走了。他随着拥挤的人群向外流淌着,被推搡到搁着一大堆脏兮兮票证的桌旁,有人挡住了他,要他出示证件,等候着,看能否给他一张票。桌旁站着一位男子,伤残人,阴阳怪气的,嘴角间叼着一根冷冷的烟斗,神色呆滞地收着票证,然后数着,把钱交到一只只伸得长长的脏手上……

天已经亮了,很暖和。当他伸手寻找纸条的时候,突然惊出了一身冷汗:他找不到了。他急促地寻找着,心焦火燎的,感到一阵恐惧,死一般的恐惧,这是关系着丢失了一个面包,或者说是被偷走了一个面包的恐惧。他的心剧烈地跳动着。当他最后终于在上衣口袋里找到那张小小的、折皱在一起的纸条时,激动得几乎流出了眼泪;他把它慢慢地打开来,摊平,仔细地撸平,然后走开:可以换到一个面包,马上去领,在那个……往外走的时候,他的心还在怦怦跳个不停……

9

他的心跳没有减弱,他还始终想着面包;他的心跳犹如微微痛楚但又令人舒适的伤口在跳动:他的心,是他胸膛里一块巨大的伤疤。他尽快地往前走,挑选着中间铲出条条细小通道的大街一路往前,来到鲁本街时已经九点了。想起那个女人,他不由微微地笑了起来:如果他突然出现在面前,交给她一张面包票,她会说什么呢?她一定会认出他来,他知道。她也许会给他钱,给很多钱,足够的钱,让他买到一份真正的证件,这种证件上填写着他自己的名字;只要一张买来的纸是真的,就是一张真的证件。可是,他除了想买证件以外,心里还在盘算着面包,真正的面包,他只要还揣着这张纸,那就不是面包。他要亲自感觉它,吃它,掰它,把它送给勒基娜。面包,软软的,刚从面团中烤熟,甚至还带着褐色的硬壳,闻着甜,吃着甜,甜得只有面包才有这种特殊的味儿。他以一种少有的快乐,几乎已经不再是想象中的事了,回忆起两个星期以前在修女那里吃过的面包。昨天,他为了寻找面包,无可奈何地走出来。他答应勒基娜,尽量多找一点儿,可是他也许完成不了任务。他没有钱,也拿不出东西交换,然而他毕竟能带来一个面包。也许有很多面包,她也许会给他钱,给很多,他用钱买很多面包。自从战争结束以来,面包价格突飞猛涨。和平驱使着价格突飞猛涨。不管怎么说,还有面包，只是价格昂贵。

他已经决定不买证件，只买面包。目前他有一张证书，一张极好的纸，一张凭证，勒基娜用照相机换来的凭证。他想，真可怜，也许用来买面包会更好……

他坐在浴池的废墟上，希望自己的心跳慢慢地平缓下来。胸膛里这块伤疤好像是一个不断扩大、不断加深的伤口，它的痛苦带有一点少有的甜味……

浴池的绿色釉砖被前几天的雨雪洗刷得干干净净，在太阳光下闪闪发亮。一扇房门随意地倒在地上，绿色或者浅绿，带着一块上过釉的黑白门牌号码。

人们从废墟间的生长物可以推算它们遭受破坏的日期：这是一个植物学的问题。这一堆废墟光秃秃的，十分荒凉，断砖碎瓦，加上新鲜倒塌的壁痕，粗野地垒积在一道；突兀耸立的铁支架，上面几乎没有一点儿锈蚀的痕迹，连一根小草也没有，而其他地方却已经长起了树木，诱人的小树，卧室里，厨房里，到处都有。靠着锈迹斑斑的风箱，一旁的炉灶已经烧毁了。这里被纯粹地毁坏了，一片荒芜。可怕的空荡，好像炸弹还在空中吱吱作响。只有残存的釉砖，毫无过失地闪闪发光。

他觉得已经在估摸女人会给他多少钱了：他先想到一千，然后是几千。他痛恨自己当时没有接受女人的帮助。她一定有很多钱，她丈夫的遗产肯定超过几万马克。而他，他是用一条命换来的，他付出的代价太昂贵了。这个当时啊，那是两个星期以前的时光，已经过去了，变得无限遥远。那时还在战争，对，还在战争，而现在战争肯定结束了，它让那两个星期变成古老而又遥远的往昔。他回顾这一短暂的过去，眼前如同看着一幅无限缩小的图画。它比古希腊的历史还要遥远，而古希腊的历史已经让他觉得古老得无尽头之处。

现在，两个孩子爬上废墟，熟练地敲打着拆卸那扇被扔在一旁的房门。他们用锤子把门框从粘胶中拆下，把门板从木榫里拔出来，把一扇门收拢成扁扁的一堆。

他站起来，准备从废墟走进巷道。面包，他想，我一定会吃上面包——我也会得到钱。他现在真的指望起钱来了，可观的数目，一笔抚恤金，一定会价值二十个面包的……

当他走进房子的过道时，他感到拿着纸条的双手已经汗津津了。他把纸条撸平，举手敲门时，看到纸条上用打字机打上去的字有点儿模糊了。

他听着好久都没有回音，感到时间过去太久了，便又用力地敲了敲门。敲门声一直传到堆塞得满满的走廊里，没有回音。他见还是没有回答，便蹬起了脚跟，朝门上狠狠踢了三脚。他听到木板在门框上轻轻地抖动，落下一片细雨蒙蒙的灰尘……

左面，通往女人房间的门终于开了。当他听到粗重而又短促的男人脚步声时，顿时感到惧怕。门开了，露出一张脸，长长的，宽宽的，苍白的男人脸，神经质地张开嘴巴……

这就是常常纠缠着他,并且在心里变得十分沉重的东西:他特别忘记不了别人的脸。它们跟踪着他,一旦重新出现,他便立即认出了它们。它们总是在潜意识里游荡着,特别是那些匆忙之际看到过的脸,一直游来游去,如同条条并不清楚可见的灰条鱼顺着浑浊的池塘在藻类间游动一样。有时候,沉默的鱼脑袋浮上来几乎接近水面——可是当他再次看到时,它们终于浮现出来,清清楚楚地呈现在面前,摆脱不掉:一旦进入他的眼光控制的范围——这是由痛苦而重新获得生命的范围——它们的倒影便似乎立即升高,从而变得清晰明亮。它们都显现出来:这里是一个有轨电车售票员的脸,几年前他曾经卖给他过一张车票。这张脸后来变成士兵脸,那是在伤兵收容站,跟他躺在一起:一个小伙子,虱子一只一只地从他头上的绷带里钻出来,在凝结的血块或者在刚流出的血水中滚动着;虱子们平平稳稳地爬上脖子,爬上一张没有知觉的脸,他看到它们在双耳间穿来穿去,鲁莽而又大胆的动物,成团成团地滚落下来,然后又聚集在肩头上,爬上他的耳朵,正是他,七年前在三千公里以西的地方卖给他一张转车票。如今瘦长而又痛苦的脸,从前却是十分新鲜而又乐观的……

可是这张宽宽的、苍白的脸以及神经质地张开着的嘴巴都没有变化,战争和破坏没有侵蚀它们:枯燥无味的表面,平静得犹如面团一般;一双眼睛,它们知道自己明白的内容;稍微显露痛苦的就是那张微微开着的、弯成美丽弧形的嘴,它的痛苦也许是厌恶,一种特殊的富有乐趣的厌恶。在前厅昏暗、灰白的灯光下，他的脸真像白色大鲤鱼的脑袋，刚从池塘里浮游上来，默默地，稳稳地，而他的双手却沉浸在房间的黑暗里，下垂着，让人看不出来。这是博士费舍先生，一位他从前当过学徒的书店里的主顾，那时候他只有作为熟练的学徒才能为他服务，因为费舍懂得书行生意，他是语文学家，学过法律，出版一份杂志，深深地爱好歌德研究，为此也有一些作品，还是当时红衣主教阁下有关文化问题的私人顾问——这张脸他在近处只看到过一回，其余都是匆忙而过的，都是急急忙忙来到店堂，又很快消失在老板的私人房间里。几乎八年了，可是他立刻认出来，钓线闪电一般地往上拉动，终于把这个脑袋钓离了水面。

"您有何贵干？"脸问道……

"面包。"他说着递上纸条，如送进窗口一样。

"没有面包了。"

他没有听到。"面包，"他说，"可是修女——我曾经——"

"不。"传出的声音又平静又朴实，"不，面包没有了。"

这时候，沉浸在下面的双手浮了上来，一双手，长长的手指，它们举起来，接过纸条，这张意味着一只面包的纸条被手指抓住撕掉了。它们不是猛地一下撕碎纸条的，而是四五下反复来回地撕，不断反复，带着愉快——看得出来——纸片飘落在门前，如节日里相互抛掷的五彩纸屑，白色的，撒落下来，又像面包屑……

"这就是您的面包。"声音说。

直到门重新被关上时,他才明白到底发生了什么,门是一段摇摇晃晃的大木板,门框、纸板和玻璃粘合在一起,玻璃剧烈地摇晃着,发出叮当的响声,又重新落下一阵蒙蒙灰尘……

他站立很久,试图感觉一下心底里究竟是充满着仇恨、愤怒,还是痛苦,可是他什么也感觉不到。也许我已经死了,他想。然而他却并没有死,当他朝门走去,用脚尖狠狠地踢动门板引起一阵阵疼痛时,他是完全清醒的。不过他并没有发现仇恨,也没有愤怒,只有痛苦……

10

费舍走进内室,伊丽莎白把朝墙的脸转过来,轻轻地问:"谁在那里?"

"一个乞丐。"他说着坐了下来。

"你给他一点儿了吗?"

"没有。"他说。

她叹了一口气,把脸转向墙壁。窗帘拉上了,黑乎乎的大窗框里露出一幅绝妙的废墟图:多少房子的侧面被烟熏得漆黑,摇摇欲坠的山墙——堆堆碧绿繁茂的杂草,已经清除两回了。有的地方长着绿色的苔藓,幽雅、宁静……

"你没有给他一点儿东西——这个人是谁?"

"我不知道,"他说,"任意的一个人……"

她轻轻地哭了起来。他仔细地听着,颇感兴趣:迄今为止她还没有哭过。他看着她瘦瘦的脖子、没有梳理的头发和颤抖的肩膀,听到她在抽泣时发出奇怪沙哑的声音。他很奇怪,女人伤感到如此地步,多少让他感到有点儿恶心。

"你不必生气,"他说,"我希望有个结束,不管怎样的结束,你是明白的。尽管我把钱看得过分严重,让人们为此而伤感,不过我个人却是无所谓的。正如已经讲过的那样:如果你口头答应,说你认为维利的遗嘱目前是不存的，而且停止占有维利的钱和抵押物，那么，我们的共同的父亲将会表示满意。口头上，你明白的，更多的帮助你是得不到的——而在另外一种情况下，"他停止了讲话，因为她突然把脸又朝他转过来，他对这种坚定的表示感到奇怪。"完全取决于法律的决斗，不过，"他笑了起来，"凭着你现有的材料，说你一定能够取得胜利，我表示怀疑……"

"我可以试试看，找到那个把维利遗嘱带给我的人。"想起和他的交往，她的脸突然红了起来。

"对的，"他说，"可是你不一定能够找到他。再说，你想从他那里知道什么呢？"

"地点，知道维利是在哪里被枪毙的。他也许就埋在那里。总会有人把他掩埋起来的。"

"不错，"他说，"完全不错。"他沉思着停顿了一会儿，然后问："那么，请告诉我：目前你愿意放弃这笔无聊的礼物，满足于每个月两千马克，而且……"

"按我的说法——是一种停战。此外，"她小声地说，"如果我能够遂愿的话，我现在就要给你一记耳光……"

"这可不是十分基督教式的……"

"我知道，"她说，并且感到眼眶里的泪水像被内心的火焰烘干了一样。"这就意味着，我不知道，但我相信，一定有许多善良的基督徒打过一群像你那样人的耳光，而且这也并不是非常基督教的——可是这里的困难却在于：我不是善良的基督徒，他们是的，他们……"

"完全有理，"他说，"你一时心血来潮，人道主义，就是这个原因，不过人道主义的心血来潮取代不了自发的宗教激情……"

"对，对，"她说，着意地看着他，几乎嘲笑一般，"你可以解释一切，你们可以解释一切，可是我希望总有一天，你们也被别人解释……"

"说得好，不过我也希望能有机会成为一名善良的基督徒，谢天谢地，那时候就有跟你不一般的其他的权威专家。"……说着，他轻轻地笑了起来……

她又朝墙转过身去。我要给他一记耳光，她想……

"那又是为什么呢？"他问道，从口袋里拿出一根雪茄，"你为什么想要打我呢？"

她不做声。他费劲地点上雪茄，试图寻找一块可以供他敲击手指的地方，可是床头柜太小，上面摆满了东西：耶稣受难像，一杯水，一只盘子，盘子里有不少面包屑。于是他对着椅子的靠背弹敲着，这里的表面很小，他的手指一直滑落下来，他觉得脸上一阵发红，如果找不到地方供自己敲击手指，就会使他十分烦躁……

"为什么？"他问。

"就是因为你对乞丐什么也没有施舍，不过算了吧，"她疲倦地说，"我跟你们签订了停战协定……"

"你也许不会，"他轻轻地说，"把遗嘱给我们这么长时间……我认为……"

她突然猛地转过身来，哈哈大笑，他吓了一跳。"不，"她说，"这是一张完全没有价值的文件，它不会给你带来任何好处……"

"但是，可以请人鉴定，那是经过公证的……"

"对。"她说。

"你可以走了，"过了一刻，她又说，"我很疲倦；我的病并没有好转，夜里我都没能入睡。"

他把雪茄塞在嘴里，穿上大衣。

"我的教女伊丽莎白近来好吗？"她问。

她说话的口吻使他停止了正在进行的动作，于是，一件大衣半披半挂地吊在肩膀上，他从口中取下雪茄，搁在床头柜的边沿上，朝前走上一步。

"怎么？"他尽可能平静地问着，"你知道她正病着吗？"

"她病了？"

"是的。"

"她怎么啦？"

"她遇到了恶性车祸，自行车——严重的内出血……"

"严重的内出血，是吗？处于她的局面，人们是很不愿意的呀。"

"什么，"他小声地问，"处于她的局面？这是什么意思？"

有时候，他会失掉控制，个别场合下跟女人协商问题时也会这样。而现在，他感到自己的脸在发抖，双手失掉了全部的力气，只剩下汗水。

"这里的意思是，她从前和现在都是充满着希望的。"

她安详地说。

他急忙披上大衣,从床头柜的边沿上取下雪茄,说:"我真的相信你是疯了,真的……你不相信吗?"

他做了一个不耐烦的动作,因为她又哭了,他愤恨这种毫无道理的表现内心活动的行为。

"当然,"她小声地说,"我相信这一点,一个男人敢于把乞丐拒于门外,他说的一切我都会相信的……好了,现在走吧。"

他跨着急速的步伐,走了出去。

11

她把票交给门房,仔细观看门房对着票低下头时的那张不信任的脸:一个大大的红鼻子毫无过渡地镶嵌在额下,额角慢慢地消失在微微黄色的秃顶间。过了一会儿,埋下去的脸重新抬起来,摆在她面前,圆圆的,十分严厉。

"外科,15号房间,"一个声音说道,"往右转。"

她转身向右,从关闭着的病房前走过去,再折身向左,然后停在一扇狭长的门前。门上的油漆已经开裂,上面用红笔写着两个大字:外科。她敲了敲门,立刻传出了喊声:"请进。"

里面十分安静,一个修女俯身看着热气腾腾的消毒锅,用一把钳子捞手术器具。医生疲惫地坐在椅子上,正在吸烟。她贪婪地吞饮着强烈的烟草味,第一次领略了掺和着恶心和困倦的饥饿的厉害,十分奇异,心底里如同升起一个疲乏的哈欠,她连医生的问题都没有听到。

"您有什么事?"看到她努力地把嘴闭上,一点儿没有回答问题的意思,他又简洁地问了一声。

她走上一步,把票递给他。

"呵,"他说,"请原谅。翁格小姐吗?"

"是的。"她说。

他从嘴边拿下香烟,走到写字台前,在木箱里找出一张褐色的索引卡片。

"对，"他说，"翁格。您的血化验完了，很好，报告中没有任何欠缺的地方。我约您今天到这里来，因为我们——您还愿意输血，现在还想吗？"

"还想。"她说。

"好吧，已经两个星期了，"他耸了耸肩膀，叹息一声，"现在有一些变化，有的人会因此而打退堂鼓。您还是原来的主张？"

"对。"她说。

"行，请您把衣服脱下。上身。"

她扔下大衣，解开上衣扣子，然后把衣服搁在身旁移动的手术台上。

"行了，行了，"医生喊着说，"足够了。"她感到他有力的手触摸着自己的肌肉，检查自己的脉搏。当冰冷的听筒擦过她的乳房的时候，她不由得微微地颤抖了一下。

"另外，翁格，"医生沉思而又疲倦地看着她，说，"是您上一回把大衣忘在这里了吗？"

"对。"

"您后来拿到了吗？"

"对。"

"一个诚实的人。"

"对，一个诚实的人。"

他从耳朵上取下镍手术器，朝她点点头，说："没有什么可以指责的，您的身体状况很好，我可以答应您的要求。您现在可以穿上衣服，以前划分在哪一组的？"

"O 组。"她说。

"好极了,今天早上我就可以用上您。您愿意吗?给费舍先生。"他转过头对修女大声问,"您的意见呢?"

当她重新穿上外衣的时候,她看到白色的修女帽正在抖动。

医生一脸疲倦,友好地注视着她:"您真走运。费舍先生答应给他女儿输血的人送上一笔特殊的酬谢,当然是除了常规的报酬以外。是多少来着,护士?"

"一千五百马克,"修女喊着说,她把沉重的镍金属盖盖在器具箱上,然后转过身,"一千五百马克,"她又说一遍,"费舍先生是个富人,一条大鱼。"

"一条金鱼,"医生说,笑着熄灭了手中的烟,"却不是人鱼。"

修女摇摇头,不高兴地看了他一眼。"您最好就留在这里,输血规定在十点钟,不是吗?"

"对,"医生说,"按我的意思可以马上进行。您吃过早饭了吗?"

"没有。"勒基娜说。

"我们能给姑娘一点儿吃的吗?"

"不,"修女说,"按规定不行的。"她的大帽子有力地晃来晃去。

"也许从报酬中先拿出一笔小小的预支,行吗?如果她正在输血的时候突然呕吐起来,那可不是件漂亮的事。"

"真的不可以,"护士说,"您可以相信我。报酬是用票支付的,根本不是由我们,而是由财务部,姑娘只得到一纸证明。"

医生耸了耸肩膀:"那么我们只好用1号房间的年轻人,他至少已经吃过一点儿东西了。"

"不行,不行。"勒基娜大声地喊着说。

两个人奇怪地看着她。"怎么啦?"医生问。

"我很希望做这件事——我……我不会呕吐的……"

"我没有意见,护士,您看呢?"

护士耸耸肩膀。

"那么我们就开始吧。"

当护士走出去的时候,他又重新点上一支香烟。"我很想给您一支,可是我不知道,"他说,"我想……"

"不,谢谢,我会恶心的,谢谢。"

光闻到烟味就已经使她头晕了。饥饿现在引起了头疼、恶心和疲劳。头突然疼痛起来,激烈的、钻心的痛,她不知道什么原因。

她不断地颤抖,用手掩在口前,痉挛一般的哈欠袭击着她,压制不住,激烈得连下颌都发出了咯咯的抖动声。她疲倦地看着医生,医生正在一只陶瓷盆里洗手。他把香烟熄灭了,剩余的烟头搁在玻璃台板上。

"费舍真是一个富人,"他说,一面转过身来,擦干双手,"他也许会给那些为女儿输血的人添加一点儿早餐的小食品。"

"姑娘生了什么病?"

"可惜我不能告诉您,不允许我这样做。另外,也不是漂亮的病。您从前献过血吗?"

"没有。"

"那么您别害怕,我会弄得您有点儿疼痛的,我必须让您的静脉张开,您咬住牙。"说着,他叹了口气,"您把钱和营养配额都收好,即使——"他停顿了一下,"总之别害怕,看上去有点儿厉害,实际上没事。"

"钱,"她问,"我在这里就能得到了吗?"

"不,您必须去领,到费舍先生那里,这条金鱼,因为——"他突然止住了,因为担架车推进来了。

推进来的似乎只是一张十分苍白的脸:美丽的黑发遮盖在雪白的前额上,一双狭长的眼睛,明亮、透彻;身体正好塞在帆布套的深处,白色的亚麻布服贴而又平整地盖住了担架车。

"往这里。"医生喊着说。他指挥着修女们靠近手术台,然后招呼勒基娜:"请您过来。"

她站起身。"请您躺到这里来,再请把右臂上的衣服全部脱下。"

她解开上衣衣袖的扣子,把薄薄的衣料一直推到肩膀,然后再马马虎虎地卷了起来。

"对,对,"医生大声地说,"行了。"

她感到躺下来很舒服,头痛也缓和了一点儿,当护士把一个枕头塞在她头下时,她觉得着实惬意。

"谢谢,护士。"她说。

她注意到医生的脸开始不安起来。他的嘴角震颤着,以一种少有的疲惫的激动微微地颤抖着。

"开始活动,"他对她喊了一声,"这样。"他张开手,又合拢,手指完全叉开,她按照模式活动着,看到他正在紧张地注视着自己的手臂。

"漂亮,漂亮,"他突然喊着说,"你瞧,护士,这里凸出得多么厉害,多好呵,我们就从这里着手。喏,这里……"

她随后走到姑娘的担架车旁,轻轻地说:"开始活动,费舍小姐……这样。"他又把动作演示一番,勒基娜紧张地观察着医生和修女的脸,一张张严肃而又几乎绝望的脸。大家看着白白的小手臂无力地举着,小手开始剧烈地活动起来。

"放松,"医生说,"完全放松,这样。"他伸出有力而通红的双手,看着姑娘的手臂,又一次平静、均匀地做了回叉开的动作。接着,他叹息一声。"什么也看不见,一点儿也不奇怪。尽管如此,我们还是开始。等待是没有意义的。开始。"他说。

"请您把头朝左面转过去。"他对勒基娜大声说,她顺从地侧过头去,朝着漆成微微绿色的墙壁,墙上还残留着漆刷的毛,黑黑的、浅浅的条纹清晰可辨,看上去真像一幅丑陋的图案。这里挂着一个陶土的圣母像,手臂一般长短,烧制得十分粗糙的陶土制品。圣母像垂直地吊挂在孩子面前,超大型的陶土圣母像投下的阴影遮盖了她的胸脯,只露出一张脸，还让人看得出来。勒基娜疲倦了，她觉得自己快要睡着了，两只眼睛几乎合在一起。她费力地张开它们：圣母像在难看的浅绿间游晃着，如同漂浮在水面一样……

当她觉得手臂上猛地一刺的时候，不由得突然往右颤抖一下。她看到医生正把橡皮管头塞在她的静脉下，一根粗大的针头几乎像一管鹅毛笔，扁平、斜直……

"手掌活动。"

她开始握拳，伸开，又开手指，感到了手臂上面扎着一根橡皮管。她嗅到修女身上散发出清洁而又并非个性的气息，修女也许就站在她的头旁。

"迅速扎起来，扎紧！"医生大喊一声，可是血已经从上面溅了出来，厚厚地、浓浓地，滴落在他的粗布白褂上。

"见鬼！"医生骂道，而手臂上的橡皮管已经扎紧了，她感到现在无法睡觉了。她把头侧向左面，听见他如何骂"见鬼！"看到他怎样把针刺进瘦瘦的臂膀，又把它拔出来，一会儿喊着"手掌活动"，一会儿又一连几次地把针刺进小小的手臂，然后又拔出来。他的脸上布满着豆粒般的汗珠，又红又湿，跟凑在一旁的修女的白白的脸相得益彰。修女牢牢地抓住橡皮管，然后跟一个圆圆的玻璃器皿连接并且固定起来，玻璃器皿看上去像是一只沙钟……

当上臂的捆扎突然解开时，她轻轻地惊叫一声，清醒而又紧张地观察着，看到软软的橡皮管被注满了，看到自己的血在玻璃器皿里跳动着往上升起。这是一种深色的液体,它翻卷着泡沫,似乎流淌得十分畅快……

"解开,"医生喊了一声,"解开。"她看到玻璃针筒上的显示器不断地往下沉降,看到接通在陌生姑娘手臂上的第二根松软的橡皮管随着不断轻轻的颤动慢慢地被注满了。

这一切都进行得无穷无尽地缓慢,她深深地感到一股无情的疲倦,每当无力的右臂突然又激烈地涌起血流,她的血喷涌出来,聚集在玻璃管的上端时,疲劳又猛力地袭击她一回……

"好,"医生喃喃自语,"很好。"她看到他的脸上浮现出一股让自己感到陌生的表情,也是始料未及的表情:一种快乐,一种真正的快乐。

"好,"他说,"很好,如果她能够坚持……"

有时候,她试图把头完全朝右侧过去,借以观看姑娘的脸,可是她仅仅看到护士深褐色的大褂,很干净,而当带橡皮的针头从她的静脉中被拔出来的时候,她又轻轻地呻吟起来……

"好,"她又听到医生的讲话,"很好……"

她觉得自己好像在一个圆圈里旋转着,开始时慢慢地,双脚构成了固定的圆心,而身体围绕着圆心越转越快。这似乎像在马戏团一样,一位身材修长的女子让一位大力士抓住双脚,然后打着圈旋转。

开始她还能认出淡绿色的墙和塑像上着红的烧陶装饰,看到在另一面窗口上绿色的灯光。绿白相间,在眼前交替转换，可是，这一切很快就模糊成一片，各种颜色调和在一起，明亮的绿色白色在她眼前一晃而过，也许是她在它们面前一晃而过。她不知道究竟，直到多种颜色终于在飞转中搅拌一道，而她自己也终于在几乎没有颜色的光芒闪烁中转着平躺到地面上。种种新的痛苦猛地一下突骤而至，耳朵痛，身体痛，脖子痛。一时间，饥饿，这一在腹中空洞钻探的怪物好似有了巨大的磁力，反复招引了许多新的痛苦，她感到自己浑身伤痛、粗糙和苍白，惊骇地发现自己竟然没有失去知觉。

直到动作重新放慢的时候，她才发现，原来她躺在那里，只有她的脑袋，她的脑袋似乎在旋转。而且，她感觉到有时候脑袋好像离开了身体，当中没有任何牵连，有时候好像也离开了双脚，或者躺在它应该隶属的地方，装配在脖子的上端。脑袋似乎又围着身体在转动。当然，这不可能是真的。她感到自己伸出了双手去摸下巴，而且摸到了它，一块凸出的骨头。即使脑袋真的连住双脚，她仍然感到了自己的下巴。也许上面只有眼睛，她不知道，唯一确切的就是疼痛，完全搅和在一起，离不开在身体上的反应，以至于分不清楚到底是脖子痛，还是耳朵、身体或者头痛。恶心也几乎真实得如同化学反应一般，一种令人反感的剧烈的酸，从脖子里猛烈地往上升腾，好像在一支气压表内升腾一样，现在又慢慢地回落，那是为了再慢慢地升上来。

她把双眼闭起来，那也没有用。如果她把双眼闭紧，那就不仅头在转,她感到自己的胸脯和双腿连接自己的双眼,一块儿疯狂地旋转着。可是,当她张开眼睛时,凭着还没有丧失的意识,她清楚地看到眼前的墙还仍然是原来的那堵:一堵漆成绿色的墙,上面一根巧克力色的画境线,墙上写着一句格言,颜色褐中透亮,可惜她辨认不清。干瘪的字母收缩在一起,好像眼科医生视力表上细小的字母一样,有的地方又猛地膨胀开来,活像腻歪的腊肠,深绿色,很快地朝两面伸展,直到辨认不清它们的形状和字意。它们粗壮得爆裂开来,完全失掉了辨读的可能性,等到下一段时又开始收缩,小得像苍蝇屎。可是这一切都还保留着,这个区域始终保留着:光亮的绿墙,巧克力色的画境线和字母,肥瘦的字体相互交替。她突然觉得,如果这一切果然如此的话,真是连自己的脑袋也转动不起来了……

当她看到跟以前一样躺在相同的地方,连毫米之差也不存在时,猛地吃了一惊。她躺着,纹丝不动;一片安静,一切都恢复了原状。她看着自己的胸脯,看着下面脏兮兮的棕色皮鞋,她的目光又落到墙壁的字母上,这回她能够读了:上帝如果帮助医生,医生将会帮助你。

"我们这回见鬼了,"她听到医生在说话,"她马上会呕吐。"

但愿如此,她想,可是剧烈的酸水却始终只在嗓子眼里升腾到某一特定的高度,然后又退着降了下去。它好像被一阵痉挛重新拖下去似的,这是一阵令它无可奈何的痉挛。

头痛变得钻心起来，又剧烈，又清晰，它似乎集中在左眉毛的一点上，这股钻心的疼痛不断消除着疲倦，她昏昏然，直想睡觉，睡……

她看不见医生，也不敢转动脑袋，飘浮在空中的一股甜丝丝的烟味袭击着她那清醒的意识，脑子里又浮起了那句格言，浅绿透亮：上帝如果帮助医生，医生将会帮助你。接着，她闭起双眼，上帝二字又浮现上来，开始时只是字母，两个深绿色的大字深深地镶嵌在紧闭的眼睑后面。后来，她看不到字母了，脑后只剩下一句话，慢慢地从心底里沉落下去，越落越下，纷纷扬扬的，寻觅不到尘埃落定的地方。突然，它又重新升腾起来，回到心间，它已经不再是字母，而是一句话：上帝。

诸般疼痛交织在一起，难分难离，上帝似乎成了唯一跟她在一起的人。她知道自己开始哭了，滚烫的泪珠夺眶而出，滴落在脸上。眼泪滚落的方式十分奇特，竟至于让她并不感到脸下还存在着下巴和脖子，她发现自己现在侧转着身子躺在那里，疲倦好像超过了疼痛，而眼泪似乎减少了痛苦。她知道，她即将睡着了……

12

费舍把窗帘拉向一旁，把玛利亚圣像搁在厚厚的一叠书上，让它迎着阳光，朝着四面八方散发光芒。他微微地笑着。他迄今为止一直不知道有这玛利亚圣像，所以很难原谅自己。多少年来，它就放在教堂里，教堂离他的住宅只有一刻钟的路程，他却从来也没有发现这座圣像。当然，它是被藏在教堂法器室里的，放在香炉罐下面，上面还有令人觉得索然无味的洛可可时期的圣体显示仪和平庸无奇的石膏像。这座十五世纪的细巧的玛利亚圣像是令人称奇的，它是无价之宝，拥有它，算得上是个奇迹。他感到很幸运，微微地笑了起来，并且第一次想到，人们推行宗教的现实的核心也许就是对玛利亚圣像的敬重：这种少有悦耳而又甜蜜的崇拜。不过，他至今仍然对这类崇拜十分反感，而且出于一种解释不清楚的原因……

他面前的塑像完全沐浴在阳光下，色彩鲜艳、强烈，红黄相间，透现出令人心醉神迷的简朴的情感：这张脸处女一般，拘谨，美丽，慈祥。他还从来没有发现、没有见过这样的三种性格交融在一起，而在这里是非常明显的：处女般的拘谨、美丽、慈祥，呈现一种并不损害处女拘谨、美丽和慈祥的痛苦般的表情，痛苦和多种性格的三位一体性；关于这重性格，他还是从有关神学论文以及为纪念玛利亚而举办的罗勒塔连祷文中读到的，可是塑像一般的外形内容却从来也没有见到过。

在这个时期里——尽管他并不爱好过分热烈的言辞——他一直觉到这是他所有的艺术珍藏中最漂亮的一个。这是一段经过削刻然后涂上颜色的菩提木，看上去还不到一本辞典大小，刚从圣器室的废物堆里捡了起来，华丽深沉而又红白相间的颜色略微有点儿剥落。他沿着写字桌慢慢地来回走动，从各个方向仔细地端详着，它却是无懈可击的，无论是在塑造艺术、形体的自然美还是衣衫的褶皱、手臂的姿势以及脖子的垂向，都没有显得局促不安或者夸张得不着边际。它以一份少有谦恭的骄傲支撑着脖子和头颅，这颗头颅被奇谈怪论的三位一体论渲染得五花八门，却显得分外漂亮，今天第一次呈现在他的面前，再也不是奇谈怪论式的了。甚至连怀里的孩子也使他感到喜爱。他平素一贯反对塑造的圣婴，那些塑造通常都是失败的，不是过分甜蜜就是过分粗糙——正如他看到活着的孩子也过分甜蜜或者过分粗糙一样，感到庸俗或者笨拙。

他走近几步，仔细打量着圣母怀中还不到一个手指大小的圣婴。可是，他仍然遏止不住地感到有点儿恶心：他在心里悄悄地谴责艺术家们，他们连在这样小的圣母塑像上也不忘朝怀里搁置一个比例适当的孩子——它们总是让他想起雏形的胎儿。

他用牙齿咬住嘴唇，急忙端来一把椅子，坐了下来。他感到自己变得苍白起来，一系列幸运而又快乐的，对，几乎宗教般的思想突然被打断了，占据心田的又是另外一种感觉,那是无聊和恶心的混合体。他的目光远远地落在小圣像上,可是他却不想再看它了……

当传来敲门声时,他吃了一惊,连忙从桌子上端起小圣像,把它藏在书架的最高层,前面一摊厚厚的大书,完全把它挡了起来……

"请进。"他喊了一声。

他看到秘书手上拿着长条校样时,心里重新升腾起一股无聊的感觉:一股无限温和的绝望掺杂着一股无限温和的辛酸。

"博士先生,清样来了,"年轻人说,"刚到的,用在《上帝羔羊》的第一期上。"

年轻人充满期待地看着他,这是一个面色苍白而又瘦削的家伙,看上去又智慧又谦卑。平时,他对这种性格组合十分喜爱,今天却感到分外腻歪。

"谢谢,"他说,顺手接过一堆不平整的纸张,"很好。"

他从弯曲得稀罕的背影和扭曲的脖子上看到年轻人似乎受了委屈。

看到秘书走了出去,他想,这个《上帝羔羊》的第一期就是成绩:缺乏纸张,出版许可证上的麻烦,难以寻找作者和没有工作效率的印刷厂。这座城市如同死去了一样——而这一切都靠着年轻人的热情帮助克服了,只用了六个星期的时间——这里还遇上了投降这一荒诞不经的日期,它带来了预料不到的、新的政治困难。尽管如此,《上帝羔羊》的第一期还是顺利地出版了。

他心绪无聊地抓起稿子的清样，让纸一张张地从手指缝间滑落下去。对，校对、拼版，这一切都该由秘书去完成。他把纸张撂在一旁，手上只剩下书的扉页：一只上帝羔羊的小花饰。令人可怖的老一套，近五十年来始终用来装饰标题或者纸张的上端，在每个信仰天主教的家庭图书馆或者书架上，人们都能看到它们；它们塞满了一个一个的书包，藏在储藏室或者藏在书架的上端，沾满了灰尘，几百万套带有这种花饰的内容，一种会让人毛骨悚然的版画艺术：一只修剪漂亮的小羊羔，带着疲倦的面部表情和驯服下垂的尾巴，脖子旁是一面画着十字的三角旗。

"尊敬的红衣主教先生，不胜冒昧，请您接受这件小小的圣像礼物，因为您克服一切困难，成功地让《上帝羔羊》——呃——重新组织起来，"教堂里的那位先生对他说，"我们期待着战后第一次出版尝试取得巨大的成就……"

他把扉页也搁在一旁，直到这时才突然意识到，他原来收到一份小小的无价之宝，因为他成功地把几篇无力的文章收集在这一花饰之下，并让它们印刷成文。可是，事实的讽刺意味却并不使他感到快乐。他疲倦了，无聊和绝望好像更加深刻地交织起来，一股缓慢的巨流，无穷无尽，它的辛酸难以让他感到刺激和诱惑……

电话铃声响了。他拿起话筒，报了自己的名字。

"这里是文策提纳慈善医院。"听筒里响起一个陌生的声音。

"是啊,"他说,突然变得紧张起来,"有什么事吗?"

"很好,"陌生的声音说,"您的女儿情况良好,好多了。瓦埃纳医生给她输了血,完全成功。今天晚上将可以决定,看目前好转能否稳定。"

"谢谢,护士,"他大声喊了起来,"谢谢。请允许我预祝今天晚上成功。请您转达我对女儿的问候。"

"行。您答应给输血的人一笔奖励的,我能把她介绍到您这里来吗?"

"那是一定的,"他大声地说,"我为能够给她一个小小的承认而感到高兴。另外还有其他事情吗?"

"没有了。晚上再见。"

"再见。"他说完,把话筒挂上……

他刚把话筒挂上,听到叉簧发出轻轻的金属撞击声,刚才那股短暂的愉快便过去了。他感到好像一股大水淹没到自己的脖子,无穷无尽的水面带着微微的温度一直流淌到他的口边:无聊,恶心,又掺杂着一丁点儿放荡的欢乐……

战争时期也曾经有过几乎让人感到美好生活的时刻,至少是危险和威胁,每天遭受威胁,当威胁置身于周围无可非议的安全之中时,它真是显得愈加美好:一座坚固的地下室,钱财,足够的储存,以及不管形势如何变化,他在政治上总是安全无忧、保证正确的自信——当然,他是在党的,甚至还跟纳粹分子开过一些会——按照他们的方式,这些人似乎都是"能干的"——可是他却同时拥有红衣主教的广泛而又秘密的文件，他是按照主教的指示，不，几乎是在压力下带着宗教使命进入党内的……

自从停战以来，一切都进行得令其反感地顺利：挣钱十分方便。每当他从钱柜里掏出一叠钱币，点过一遍，然后再将它锁在柜内时，一股恶心和嘲笑就紧紧地攫住了他。可以检查银行账户，真是非常可笑的：他在那里堆了满满半屋子的艺术品。他虽然不喜欢这些东西，可是它们给他带来的却远远地多于从前卖两座庄园时所得到的钱……

从前，他想，并且点燃一支雪茄，让《上帝羔羊》的校样又一次不知不觉地从手指缝间滑落下去。从前曾经有不少事给他带来愉快：读歌德的书，写下自己的体会，磨砺思想，然后看到它们被印刷成书，或者用于发展和建设一本宗教杂志，看到它不断地成长，尽管他必须很快又拱手相让，把它送交给无能力、无生气的有关宗教部门。今天，却什么也不能引起他的兴趣了……

他用手指转动着雪茄，任凭自己陷入沉思和回忆。回忆在眼前浮动着，犹如一段陌生悠长的生活途中留下的一张张照片。它们拖来一片荒凉，无穷无尽，无边无际。这是整整一箱跟他无关的照片，却强迫着他仔细地逐一观看：许许多多的下午突骤而至，长长的时光，充满着饱腹后的乏味和寂寞，还有一位刚刚学弹钢琴的女子，她总是平庸无奇地胡乱弹奏着，永远也没有进展。

当他想到妻子的时候，一股仇恨顿时冒了上来。他心里一阵发热，不由得一骨碌跳起身来。可是，他的心里也只是热了一阵子,因为他对妻子也有同情。这是一个漂亮的女人,侧面影犹如意大利的女君王……

无聊、恶心和一点儿欢乐的狂喜,无聊、反感和由于一沓钞票而引发的稍稍的刺激——不管他想到哪一方面,无聊总是这团混合感情中最主要的伙伴。它到处占据着最大的空间,而它的随同混合物,诸如狂喜、厌倦、恶心、同情都显得很少很少,全被它那个铅一般的重团压碎了……

突然,他又想起玛利亚圣像,可是几乎在同时,脑子里又冒出了"胎儿"两个字,它让所有的人望而生畏,止却脚步。十分丑恶,这里引起的既不是无聊也不是厌倦,而是害怕。他对这个字越来越反感,真有点猥亵语言的意思。它好像是一个神秘的字,摘自任何一个陌生的语言,用在这里表示一系列神秘而又恶心的概念。同时它又是一本速记的簿子,记录着偶尔产生或者紧紧缠绕着他的种种恐惧。只要他想起玛利亚圣像,不管想起哪一种,玛利亚圣像总是跟胎儿连在一起,总会产生恐惧。神圣和恐惧连在一起,相互提携,如同实物和镜中的影子一般……

想到必须备足一千五百个马克,他便站了起来。他拉开钱柜,任凭一扇重门晃动着,连忙抓起一把:十张五十马克,二十五张二十马克和五十张十马克的……

他走回写字桌,把钞票放进抽屉,正要锁抽屉的时候,突然奇怪地发现钞票散发着一股味儿,正好跟谚语所说的相反。味儿甚至很浓烈,他每次打开钱柜时都能闻到这股味儿：甜甜的气息，又甜又脏，毫无个性，毫无联想，一股使人惊讶的刺激味。他只要打开柜门，一股强烈的甜甜的气味便扑面而来，他不由得在心里联想起妓院或者窑子这一概念——可是，他突然又想到，这是血的气味，一股非常稀薄、非常细腻的血的气味……

当伊丽莎白的名字闯进脑海的时候，他感到一阵轻松的宽慰。她的名字，回忆起她又顿时引起了一种少有的温柔的联想。尽管他不知道，并且也无法解释其中的原因，然而就是这样：一阵带点儿讽刺意味的欢乐裹胁着他。尽管他对她生气，那是因为她以一种毫不费劲的游戏般的方式发现了他的最后秘密，她曾经以这样的方式发现了全部的秘密……

他感到这里的事实无论如何都是奇特的：她颠倒了时间的法则。她没有把钱置换成实际的价值，却把实际价值置换成钱，然后白白地送给别人：她卖掉家中的贵重物品，从出租房中收取钞票，从多少存折里取下钱款，让一些名画和家具混迹黑市市场，再以分发单据购买面包的方式献身于一种新型的人道主义。

这种歇斯底里式的风度让他觉得可笑，同时却因为反映真实性格的方式又令他敬佩。她是固执的。总之，她曾向他和老人下过战书，他为那样的斗争而高兴……

停战了，她说过。

如果她真的找到那个带着维利遗嘱的士兵，那就危险了。人们可以挖到维利的尸体,确定就是他本人。只要他的死获得官方公证,只要无法证实那枚公章或者军官的名字是伪造的,他的遗嘱就具有法律的效果……

他用自来水笔敲了敲灯罩,想招呼秘书进来。当这个恭顺的小伙子面色苍白地出现在门口时,他友好地说:"请您原谅,文特克,刚才我想到了,我很高兴,我们共同的劳动,《上帝羔羊》的第一期已经出来了,您不要以为我会低估您的功绩。您想抽一支雪茄吗?"

秘书幸福地微笑着,从伸到面前的盒子里抽出一支雪茄,轻轻地说:"谢谢,博士先生……"

"您再拿一支。"

他又拿了一支。

"另外,给我女儿输血的那个女人马上要来了。凭着医院的证明,您给她这笔钱,写下发票:一千五百马克……"

"是。"秘书说。

他没有看到,雪茄正从他的头头的手中落下,他用双手支撑着自己的脑袋……

13

　　教堂的一侧高高地显露出来,灰蒙蒙的。两旁各有一根支柱,又大又高。柱间洒满阳光,灰蒙蒙的,犹如洒落在巨大的门洞里一样;下面堆放着石块,看起来就像采石场爆炸过后的山地。周围有不少碎石,他在进门处看到清理过的痕迹,两旁是堆起的废墟。他沿着光滑的白瓷砖地面走进去,用力推开通向里面的门板。不料这扇粗糙拼凑起来的门只是虚掩着,他倒吃一惊,看到门被他推过以后转动着又扑了回来,他连忙费力地把门接住,随手让它虚掩着。屋内一片寂静,里面飞舞着一群鸟儿,他听到鸟儿在鸣叫。不知从哪里又传来小鸟的啾啾声,他的目光立刻停住在一盏凸凹不平的灯架上,灯架系扎在拱顶间,系扎的链条晃动着,发出轻轻的响声。他看到两只肥壮的麻雀,随着金属花环秋千般地来回摆动。当他再往前走近时,两只麻雀腾地飞开了。这里只有围着门的一小块地方被清理过,垃圾也被运走了。他继续往前走,已经翻越碎砖石堆了。他走到教堂的中央,抬头观看。阳光透过边侧的大裂口,光闪闪地照耀着下面被破坏的一切:圣像倒翻了,底座上空空如也,墙的高处偶尔还挂着几张又麻木又难看的碎纸片。这里两条腿,一直到膝盖;那里一截孤零零的胳膊,被小心翼翼地固定在拱顶上;墙上一道宽大的裂口,黑洞洞的,好像一幅楼梯的阴影图,从上到下,十分清晰。

拱顶上方的天空看起来就像一块残缺不全的灰颜色,他又看到第二道深深的裂缝,沿着砖墙过去,一直连接到边墙的伤痕处,才逐渐收拢。缝隙间塞满了阳光,然后又慢慢地开裂。他能够清楚地看到破墙的厚度,它从拱顶开始逐渐加大,到达地面时宽阔得如同一扇门,沉重,苍老。他的目光停留在下面:圣坛被掩埋在废墟下面,合唱队的全部座位都被气流震翻。他看到宽大的褐色后墙倾斜着,像在嘲笑一般地做着祈祷。底排柱石上的圣像已经残缺不全,撞坏的圣像,无头无脑的,像是尚未完成的雕像;断裂的石头,肢体不全的模样十分丑陋,面部表情痛苦地扭曲着,好像是一位活着的神仙。鬼怪般的丑陋十分令人注目:有的脸面冷笑着,如同野蛮的残疾者,他们或是少了一只耳朵,或是少了一个下巴,有的脸被稀罕的裂缝里透出的阳光照耀得彻底扭曲了,还有的圣像没有了脑袋,石头的脖子可怕地露在躯干的外部。那些短缺双手的圣像也很糟糕,他们好像在滴淌鲜血,一面默默地祈求着。一座巴洛克式的石膏像被奇怪地分成两半,挤压得几乎像一枚鸡蛋。圣人的石膏脸完好无损。这是一张瘦削、悲伤的耶稣脸,可是胸脯和肚腹完全撕裂了。石膏剥落,一片一片地掉落在圣像的脚下,白白的。肚腹阴暗的洞口里露出了填塞的稻草,跟硬化的石膏伴杂在一道。

他继续往前攀登,经过圣餐长凳折身走进教堂的东侧。这里的壁画保持完好,阳光洒满了画面。一幅画上的颜色奇异地苍白而又光彩夺人,这里画着三圣王拜见图。图画显现着苍老的色泽,有些地方只剩下细微颜色的图案,不过他却感到欣慰,因为这里还没有遭到破坏。旁边的祭坛也是完整的,看起来甚至像被擦洗过似的。餐厅里干干净净,存放圣饼的石制神龛前搁着一束花。当他四面张望、目光落在教堂的侧厅时,看到深色的忏悔椅全都微微地往前倾斜着,粗笨的箱笼颠覆在地,上面沾满灰尘和砖屑。顺着低矮的石柱望过去,尽头之处有一盏烛光,这是他刚才没有发现的。他迎着烛光走上前去。圣母像前点着一支蜡烛,烛旁挂着大大的木十字架,从前它就挂在拱顶下面的烛台前……

他把碎石和垃圾从长凳上推开,坐下。他上一回进教堂的时候,还在打仗。自此以后尽管只过去了一个月,可是好像非常遥远。烛光在圣像前不安地摇曳着,圣像的木质由于受了潮有点儿腐朽了,有的地方漆也开始剥落,使圣母玛利亚的脸上留下了条条白色的斑痕——只有花是新鲜和美丽的,漂亮的丁香,一大朵一大朵的,厚实,丰满,外面裹着艳丽的包装……

他尝试着做祷告,却突然吓了一跳:他听到了唱歌声,就在下面,是从地下传出来的。他只是惊愕一阵,因为想起了教堂的地下室,也许还没有被破坏呢。他侧耳倾听:歌声低微、拘谨,天使般的纯洁,好像只有几个人。他们唱着,没有伴奏。当他听出歌词,也听出曲调时,他猛地想到已是五月——对,五月,战争就从那时候结束了……

他从声音上听得出来，他们是喜欢唱歌的。第一段唱完了开始第二段，然后又是第三段。他感到可惜的是歌声突然停止了。一片寂静笼罩着他，压抑着他，他多么希望他们继续唱下去啊！

他很害怕，突然对上方裂开的许多口子感到十分畏惧。他觉得裂口会不断地扩大，拱顶会塌下来，连同那些残缺不全的雕像将他一起埋葬掉，他不禁惊出一身汗水。真的，拱顶似乎倾斜过来——他立起身，连连匆忙地划着十字，一直跑到门口，踏上砖石路面，来到笨重的石制栅栏前……

他听到一群人从圣坛的另一边走过来的脚步声，他们相互交谈着，笑着。然后，他看到他们了：一群灰色的身影，很快就离开了，只留下一个穿黑衣服的人，一个牧师……

他坐在栅栏的石柱上，等待着。他知道，他的背后就是牧师的住房，而且，他还看到里面确实有人住着。虽然他已经不感到饥饿了，仅仅有一点儿咬食的感觉，微微地迷醉着，不过他还是决定向牧师要点东西，要点儿面包、土豆或者香烟。他看到身影渐渐地走近，从下面看起来很庞大，黑色的外套在腿间飘荡着；一双鞋子，大大咧咧，弯弯曲曲，寒酸，丑陋……

牧师看到面前突然站起一个人影时不禁吓了一跳，他那瘦削而又十分鼓胀的脸神经质地变动着，双手紧紧地抱住厚厚的赞美诗的歌本……

"很抱歉,"汉斯说,"您能给我一点儿吃的吗?"

他的目光穿过牧师歪斜的肩膀,从那个粗糙的大耳旁看出去,最后落在教堂前的广场上:古木森森,一片繁茂,可惜一半的树干几乎埋没在垃圾和瓦砾下面……

"好的。"他听到牧师说了一句,声音又哑又弱。他开始仔细地打量牧师:一张农民的脸,瘦削、有力、粗大的鼻子,两只眼睛分外有神。

"好的,"他又说了一遍,"您是为此等在这里的吗?"

"是。"汉斯接着说。他十分惊讶。他之所以提出请求,是因为他相信牧师至少会设法帮助他,没想到牧师迅速答应给他吃的,着实使他惊讶……

他目送着牧师的背影穿过马路,牧师走进楼梯口时还回过头来招了招手……

即将有东西可吃的希望使得腹中的饥饿重新活跃起来,它高高地升腾着,这种稀罕激烈却又空荡荡的不见踪影的东西,它让他的面颊好像痉挛一般地抽动。这种催讨要求的饿嗝犹如空中浮云,它在口腔内引起难以忍受的味觉,又用一种难以实现的希望满足了他的愿望。吃饭啊,他想,这是一个无情的必须,它将与我终身相伴。三四十年内他必须每天吃饭,至少一天一餐,他还承担着几千餐膳食,必须千方百计地去想方设法,它真像一根无所希望的链条上挂着的许多迫切的希望。这一天,他拖曳着自己在城市的废墟上整整走了九个小时,可是却连什么都没有得到,连一点儿允诺也没有。这是一场可怕的战斗,类似的战斗他还得经历成千上百次,而且不是为了自己一个人。他第一回想起了勒基娜。她的形象清晰地呈现在他眼前,绝顶漂亮,无可非议:金黄的头发,白皙的脸庞,从黑黑的门框里飘然而出的时候,脸上略现一点儿嘲讽,同时问着:你要一点儿面包吗——或者,你要一支烟吗?他渴望着勒基娜,突然而又热烈,心情十分痛楚,一面还想象正在吻着她……

牧师脸上的微笑显得神圣、超凡,几乎如同从教堂墓室里传来明亮而又纯净的歌声一般不可思议。他感到肩膀痉挛地抽动着,虚弱伴随着他,当他跟在急忙走动的身影背后时,脚步踉跄,有点歪歪斜斜。他们绕过圣坛,一座半圆形的建筑,却让他感到无限的遥远。后来,他们又沿着楼梯走下去,他感到了厚厚墙壁的阴森。等到牧师蘸着圣水的手指搁在他的掌心时,他不由得又吓了一跳……

"您是信天主教的吗?"牧师一面画着十字,一面问。

"是的,"他说,"我就在这座教堂里洗礼的。"

"不可能。"

他们在走廊里停住脚步。

"不。真的。"

"我的上帝,您原来是……"

"对,"他叹息一声,说,"这就是我投身战争以前的教堂。"匆忙之际,他又想起了从前许多的星期天,就在这座舒适而浪漫的半明半暗的厅堂里,他挨着母亲一起度过的往昔,那是多么的遥远……

"现在呢?"牧师问。

"现在我住在郊外的一个地方……"

"请跟我来吧。"

他跟着牧师走进昏暗的圆拱顶房间,里面的长凳紧紧地排列在一起。只有一缕淡淡的阳光照了进来;神龛前面闪烁着长明灯的光芒,微红,细小如豆。牧师示意他走进圣器和法衣室,他实在太累了,懒得屈膝,于是只在圣坛面前低了低头。里面明亮多了,亮着电灯,牧师那张农民的倦脸上露出一丝微笑,看起来像痛苦的鬼脸……

"您给我带来了愉快。"牧师说。

他指了指深褐色的长凳,后面是矮小的衣帽间,门帘没有拉上:彩色的合唱队队员的长衫和牧师的白长袍一览无余,上面好像都蒙上了灰尘。

"对,对,"牧师热情地说,疲倦的脸激动得有点儿变形了,"完全是这么回事,您给我带来了愉快。"

他推开门,把几卷沾满灰尘的画轴搁在一旁。"今天还有人向我打听事情的。我现在只剩下两盒供品了,今天早上的——您看一下。"

黑色的衣袖在汉斯的脸前飘荡着。牧师把几个褐色的小包裹放在桌上,说:"就这么吃吧,您要想到,这不是我的,您不用感谢我……"

"那么感谢谁呢?"

"您要感谢上帝——一个不认识的人——这个——他——"他的脸窘得有点儿发红了,"感谢活着的教堂,也许可以这么说,"他的眼睛激动得眯成一条缝,"也许是孽者,也许是圣者——我不知道,穷人——或者甚至是富人……"

汉斯从桌子上拿下小包裹,想要解开绳子,可是他的手指一点儿力气也没有,他感到一股突如其来的虚弱使他瘫痪了。

"我不行了,"他说,"请您帮助一下。"牧师的大手抽开一根结子,慢慢地解开捆绳,露出里面的内容:一只皱巴巴的小苹果滚上了桌子,一片厚厚的面包,很厚,几乎跟旁边的一本祈祷书一样厚,一支用丝绸纸包着的香烟,一双洗得干干净净的军用短袜,里面塞满了东西,一圈圈的白色发着亮光……

"喏,"牧师说,"给。"

汉斯尝试着用手指夹拿面包,可是没有成功,面包好像太厚了;干裂的表皮,圆圆的,棕褐色,围成一圈,像是一座城堡。伸手拿面包这是毫无意义的,他的一双手太小了。香烟躺在光滑的桌面上,像一个巨大的白纸筒,一根广告用香烟,正从高大的山墙上滚落下来,太大了。他的手放在桌上,又小又脏,离得很远。而且,他所听到的讲话声音也很远。那个声音说:"您请喝一点儿吧!"

他感到有一点儿东西流入腹内,又温柔又凉爽,然而带来了温暖。这是一种神奇的饮料,味儿似乎是熟悉的,可惜他忘掉了名字。他尝试着舔舔湿润嘴唇的舌头,喝了起来,又有东西流入腹内:神奇的、温柔的、凉爽的。他突然明白了：这是葡萄酒……葡萄酒。

桌上的东西重新恢复了原来的形状，一片厚厚的面包，像祈祷书一般厚实，一只苹果，一支香烟，一双短袜。他的双手恢复了气力和生命，他认出了眼前凑得很近的牧师的惊愕的脸：灰蒙蒙的，十分疲倦，红彤彤的眼泡肿胀着。他看到杯子，端在手上，喝着。

葡萄酒，他想，突然害怕地放下杯子，他把杯子搁在桌上，注视着牧师的眼睛。

"别害怕，"那人微笑着，说，"别怕，这是葡萄酒——只是葡萄酒——您还能喝一点儿吗？"

"如果您相信的话。"

"为什么不相信呢？这是葡萄酒。"

他深深地喝了一口，看牧师如何解开第二个包裹：他揭开一方四角头巾，里面抖落出一张钞票。他的眼睛又亮堂起来，认出了这是一张五十马克和四角头巾上黄黄的条纹……

"您有很多葡萄酒吗——我说的是弥撒酒……"

"有，有，"牧师说，"别担心，够几年用的。"他把东西放回桌上。"有几滴就够了呀，而我们却抢救出全部的储存酒——另外，还有新的。您有妻子吗？"他微笑着问，一面把头巾摊开来，拿起柔软的彩色布条，送到眼前……

汉斯沉默了一刻，然后说："有的。"

又出现了一阵尴尬的沉默，牧师重新把布卷起来。汉斯把杯子放回桌上。他打量着牧师，心里突然涌上一股念头，想跟勒基娜在一起，热烈而又迫切，火烧火燎的……

"我想走了，"他说，"请您原谅……"

汉斯抓起桌子上的包裹，说："那么我——我希望我们还能见面……"

"我很愿意——希望能认识您的妻子。您请稍等——"

他走进更衣室的墙角，困难地从裤袋里拿出一把钥匙，打开沾满灰尘的大橱。出来的时候，他手上拿着一只红闪闪的瓶子，递给汉斯，说："您还没有接受我的东西——请您带上这个吧。"

"它真的是属于您的吗……"

牧师大笑起来："并不全部，不过可以说是我把它们从一幢熊熊燃烧的房子的地下室里抢救出来的。后来，主人把这一切都赠送给了我，我相信我可以支配它们。再见。"他说。

汉斯在门口又等了片刻，看着牧师如何把橱柜锁上。

"您不用等了，"他大声说，"我还要逗留一刻……"

汉斯走了。他在祭坛前稍稍地弯了弯腰，到了门外，他想迈开脚步走动得更快一点儿的时候，只感到瓶子压得小腿又沉又冷。

14

突然,他听到女人走过来的声音。她的脚步十分疲惫,还在走廊里等了一阵。她似乎脱下了大衣,在黑暗之中把衣服挂在衣钩上。然后,脚步声渐渐地靠近他的门口。他感到自己的心在跳动,合着节拍,十分激烈。她在他的门口停下了,他多么希望现在就能看到她的脸。他等着她走进房门,可是她的脚步又往远处移动过去。他听到,她正朝厨房走去……

每次当她过来的时候,他都想立刻站起来,可是他做不到这一点。欢乐似乎瘫痪了。他躺在那里,只听到自己的心在跳动……

不一会,她又回到走廊,开始劈木柴。他对这一切都是十分清楚的,知道她如何把木柴马马虎虎地堆在地上,黑暗中盲目地劈下去。她其实不是劈木柴,而是剁下一些碎木片。她要是天黑时没有扶住木柴,他想,说不定会劈在手指上。斧头很钝,这一点他是知道的,可是斩断根把手指,或者造成重伤那还是容易做到的。他听到她开始轻轻地咒骂了。她常常砸在旁边,把沉重的斧子敲在地板上,使得墙和地板都产生一阵轻轻的抖动。后来,也许碎木片已经够了,她把斧子扔在角落里,又走回厨房……

周围一片寂静,天几乎完全暗下来。房间里的阴影是灰色的,几乎像一阵阵浓烟,紧紧地塞满了各个角落。除了床的四周以外,他什么也看不见。一切都是脏的,破损的。直到这时他才第一次发现,天花板上也真的有一个洞。

他站起身,轻轻地走到门旁,小心翼翼地把门拉开。厨房间射出了灯光。她那件灰色的旧大衣挂在玻璃窗前,透过几处破洞正好看到几块黄黄的光斑照亮着地板上肮脏的垃圾;那里闪烁着斧刃的寒光,他看到了一段段深黄色的木柴,砍落的刀斧面上发出微微的黄色。他慢慢地走上前,现在看到她了。他突然感到,他还从未看到她如此模样。她躺在沙发上,双腿高高地支撑着,身上裹着一块红色的布,正在看书。他从后面看她,长长的头发,湿漉漉的,闪着光亮,显得颜色更深,透着微红,披散在沙发靠背上;身旁有盏灯,火炉里燃烧着木块,桌上搁着一盒香烟、一罐甜酱和一个切开的面包,旁边有把刀,黑色的刀柄松开着……

突然他明白了,他将一辈子看到她。有点儿像头晕的感觉笼罩着他,他完全可以把她当作一个老太婆,修长的身材,灰白的头发,圆圆的脸盘,有点儿嘲笑人的模样。这种认识深深地打动着他,让他心痛。他感到有点儿无可退让,似乎有人在他内心隐蔽的地方浇上了冷水,而且是那种牙医浇在钻探病牙上的冷水一般:一方面舒适,一方面十分可怕。他觉得还是在许多年前曾经见过她,而以后过了二十年才重新见到她,始终如此——他从床上站起来,做了一件难以改变的事情,一件无可反悔的事:他接受了生活，生活在这里为他全挤压在一起了，短短的一段，却充满着无穷无尽的痛苦和幸福……

她用明显搁在嘴上的烟嘴吸着一支香烟，有时候转过身子，以苍鹰一般的动作把头低下，抖落一下烟灰。他看着她那清晰、温和的侧影，心里突然产生一股吻她的愿望。可是他却止住了脚步。他也许知道，如果他走进厨房，这究竟意味着什么，他将必须继续地活下去；这就是接受了一连串白天黑夜的沉重的负担，而这个负荷可远远不是几个吻所能补偿的；登上日常生活的平台，这个黑市交易的场所，是劳动和偷窃的舞台。不过他却又想，他其实可以在台下瞌睡一番，在阴暗处，头顶上正是演员们跺脚的地方……

他知道还有销声匿迹逃跑的时间，还有悄悄地走下楼梯隐入夜空的机会。也许她不会十分悲伤，她肯定没有估计到他会重新回来……

他不知道自己正在微笑，而且似乎还是第一次见到她：他始终穿着她的大衣，因为他没有上衣了，所以穿着她的大衣。衣服上散发着她的气息。周围一片寂静。她慢慢地翻动着书页，然后把烟嘴放下。他看到她的腹部上方搁着一只杯子。炉子里的火越来越热烈了，他听到轰轰的燃烧声，废墟上空狂风怒号，瓦片和装饰物纷纷从破损的屋顶和房子断裂的地方吹落下来，噼噼啪啪地掉在其他一些垃圾上。

她把杯子放在椅子上，又读了起来。她读得很慢，这使他很不耐烦。他正看着，突然想起自己从前当过书商，而且跟另外一个妇女共过事。有时候，他跟她一起上电影院，或者课后送她回家——这一切都过去得如此遥远，那是另外一条生命。他不能想象从前曾经认真对待过的那些事情：听课、职业——他想起了送她回家时自己热烈而又局促不安的尴尬相。后来，她成了自己的妻子。这时需要他的温柔，可是他却连给她伸胳膊的勇气也没有。秋天的夜晚，城里的灯光明亮如火，有时候也穿过一条条阴暗的小巷，他们在一个通亮的车站上了车，全部的时间里只是谈论着书籍、电影情节以及他们曾经听过的报告。她并不漂亮，也不时髦，小小的个子，一点儿也不起眼。树丛中弥漫着煤气路灯的光亮，很柔和，黄黄地洒下来，几乎液体一般地流动着。灯光在灰色的树丛间蒸雾腾腾，悠悠升起一片片浓浓密密的云彩，浓烟似的扩散开去，像暗自燃烧的火焰。后来，他从河边走回家去，走得很慢，紧紧地靠着花岗岩边沿，这是整条大堤的骄傲。靠在他身旁的是雾中难以见到的河水，发出飒飒的流动声，很平静，稳稳地上涨。他把烟蒂奋力朝雾中扔去，不知掉在哪里，发出嗤的一声，熄灭了……

她还是没有动弹，有一回她用脚把被子往高处挑了挑，又掖得更紧了，他感到这个姑娘般的不耐烦的动作像是新鲜事物一般……

突然，他没有敲门就踏进房间，迅速朝她走去，吻着她的嘴唇。他感觉到了她那温柔而且带点儿湿润的双唇，看着她张开的双眼:她的眼睛是深褐色的,炯炯有神,有点儿歪斜,紫罗兰色的眼睑猛地张开时真有点儿像洋娃娃。他一面打量着她,一面用双唇挡吻着她的嘴,看了她很长时间。她始终没有闭上眼睛。直到后来,当他们想把书趁势滑落下去,当他深深地弯下腰去时,她才闭上眼睛。他诧异地看着她的脸上留着陶醉的印痕……

他松开手,感到脸上一阵红晕。

"坐下吧。"她说。她起来了,用双腿把被子挑了挑,两只脚来回摆动着坐了下来。他不明白自己为什么如此喜欢看她。他把杯子从椅子上拿开,放在背后的桌上,坐下。

她说:"你在笑,你在微笑,这是怎么啦?"

他没说什么,感到背后传来炉子的温暖,很舒服。

"我的上帝,"她说着站了起来,抓起果酱杯、面包、刀,然后又把这一切放在那里。他第一回凑近着看到她的双手:它们又小又瘦,孩子一般,令人吃惊地小。她的手抖动着……

"你饿了,是吗?"

"是的。"他说着立起身来,打量着她:她的眼睛是潮湿的。

他从桌子上摆着的烟盒里抽出一支香烟,从果酱杯印刷得五颜六色的纸上撕下一条,卷成一个引火纸。她看着他……

"你离开多久了?我觉得很长时间了,比这回战争的时间还长……"

他熄灭了引火纸,把烧焦了的剩余部分放在桌子边上,靠近她站在炉子一旁……

"我去烧咖啡。"她说。

他只是点了点头,她的脸上似乎有点儿狼狈模样。他们之间突然变得陌生起来。她垂下目光,迅速拉上绿色毛线上衣的拉链,整理一下褶皱的上衣,撸了撸蓬乱的头发。水开了。她挑了一勺子粉末灌在壶里,然后用一只没有把手的杯子把滚开的水舀着倒进壶里……

当他鼻子里闻到咖啡香味时,他知道自己饿得几乎要呕吐了。他坐下,熄灭了香烟火,把剩下的烟蒂藏在大衣口袋内……

她灌完了最后的一点儿水,把果酱杯的铁皮盖搁在水壶上,凑近他坐了下来。她开始把果酱涂抹在面包上,慢慢地,稳稳地,可是,他看到她的手在发抖。她把几片面包放在一只小小的黄瓷碗上,目光瞅着咖啡壶,然后给他倒上……

"一起喝吧。"他小声地说。

"什么?"

"一起喝。"当他把她的杯子递上去时,她微微一笑,倒上咖啡……

刚刚咽下去第一口面包,他感到一阵感激的头晕目眩。这块涂抹着果酱的面包似乎掉落进隐藏在他身体内部的支点上,使他猛地一下失落了重心。他感到剧烈的头晕,一切都在围着他转动,他虽然闭着眼睛,可是仍然觉得一阵猛烈的却也并不非常难受的震动。他就像一根木槌，在一间黑乎乎的沉闷的房间里来来回回地摇晃着。

他重新睁开眼睛，又喝了一口，再咬了下面包，他吃喝得越多，那股激烈的晃动就越趋向平稳……

他拿起一个新的果酱面包，感到现在舒服多了。咖啡真好啊！他从上衣口袋内掏出吸过半根的香烟，对她说："请把火给我。"她从桌子边沿上拿下引火纸……

"是什么让你下了决心，"她问，"你想干什么呢？"

"我还没有想过，可是我会做点儿事情的。我甚至很高兴。"

"真的吗？"

"真的，"他说，"我喜欢做点儿事情。我们会讨论这些的。而这里，喏，"他从口袋里掏出一条围巾，在她眼前打开，"我愿意把它送给你……"

"多漂亮啊！"她说着，把围巾拿在手上，叉开手指，让它像一方头巾似的围在那里。"漂亮，"她说，"真漂亮，我很高兴……"

"我也有酒，"他说，"整整一瓶葡萄酒，还有一点儿面包和一个苹果。"

"一个苹果，"她说，"这真是很稀罕的，现在连黑市上也没有苹果了……"

他熄灭了香烟，站起来。"来吧，"他小声地说，"跟我走，你愿意跟我走吗？"

"好的。"她说。他站在桌子旁边，等待着，一面看着她从柜上端下烛台，把香烟放进口袋，拿出了火柴。她的脸色十分严峻，几乎哭了。他看着，朝她走了过去。"如果你不愿意，"他说，"如果你不愿意跟我一起走，我不会生气的。我很爱你。"

"不，"她说，他看着她的嘴唇在抖动，"我很愿意跟你一起走……我只是很悲伤……"

"为什么？"

"我不知道。"她说。他开了门，关掉了台灯，又慢慢地搂住她的肩膀，把她拥了过来。他在漆黑的走廊里紧紧地把她抱住，直到打开了自己的房门，拉亮了电灯。

"进来吧。"他说。

他放下她的肩膀，用头朝她点了点。她缓慢地走了进来。他趁势关上了身后的房门。

她坐在床上。他把桌子移近，以便让她把手臂搁在上面。"你有杯子吗？"他问……

"有的，柜子里，在那边，"她用手指着墙角，尽管有灯光，那里却仍然暗淡，"在一只纸板箱内——还有一只开塞钻。"

黑暗中，他在充满着灰尘味的柜子里翻寻着，直到碰上了叮当作响的纸板箱。

"来吧。"她说。她接过杯子，用围巾小心地擦拭了一番。他一面打开酒瓶盖，一面看着她，她在淡淡的灯光下闪烁着喜悦的神情。他在各人杯子里斟满了酒，挨近她坐下。

"来，"他小声地说，端起了杯子，"从现在起，你是我的妻子，你愿意吗？"

"愿意，"她认真地说，"我愿意。"

"我这辈子，只要我还活着，就不会离开你。"

"我会留在你的身旁，我感到高兴。"

他们微笑着，喝着葡萄酒。

"好酒，"她说，"很温和，很舒服。"

"这是弥撒酒，"他说，"人家送给我的礼物。"

"弥撒酒？"她问道。他看到她吃了一惊。她把酒杯推开，看着他。

"别害怕。"他说着，把一只手搁在她的手臂上，过了一会儿，又说：

"这是葡萄酒，只是葡萄酒。你相信吗？"

"对，对，"她说，"我信的。你不信吗？"

"信……从前我也害怕，现在不怕了。"

"有时候，"她小声地说，"我希望自己不再相信，可是我难易辕辙，我相信的。我只是祝愿，我喝下去的葡萄酒不仅仅是葡萄酒。我很悲伤。"

"我也是的，"他说，"我很悲伤。我们将会常常悲伤的。"

她把杯子又移向自己，跟他碰了碰，一起喝下。

"真的，"她说，"我害怕。"

他们躺在床上，很久都还醒着，吸着烟。房子里风声凄厉,吹落许多碎片和砖瓦。石灰块从楼顶上滚落下来,炸裂得乒乓作响,像鹅卵石一样四分五裂。趁着香烟燃烧时的光亮,他只看到她的一丝亮泽,一丝微微红色的暖气:衬衣下一对乳峰柔软的轮廓和安静的侧影。看到她那紧闭的嘴唇构成了一道细细的凹痕,看着她脸上黑黝黝的起伏不平,他的心里涌上了无限的柔情蜜意。他们把被子从两侧掖紧,舒舒服服地依偎在一起。能够知道暖和,能够知道整整一夜都温暖如春地躺在一起,那是再好不过的了。护窗板发出响声,风呼啸着穿过窗板的窟窿,残破的屋梁上空狂风怒号,不知什么地方出现一次猛烈的碰撞,磕击在墙上,发出金属般的响声。她躺在他的身旁,小声地说:"这是房顶上的檐沟,它早就坏了。"她沉默了一刻,抓住他的手,又小声地说下去:"那时候还没有发生战争,"她说,"我就已经住在这里,每次回家的时候,我都看到有一块檐沟吊挂着,我总是想:这些都该修了。可是直到发生战争了,还是没有修理得成,始终斜挂在那里,有一道夹子松掉了,看上去随时随地都会倒下去。夜里,每当刮风时,我总是躺在这里听着。我从屋内的墙上清清楚楚地看到雨后漏水的痕迹。雨水灌进了墙壁,形成一道白色的深褐镶边的流水道,一直流到窗子附近,然后垂直往下。它的左右两面是圆圆的大斑点,中心是白的,往外形成一个个圈,颜色越来越平淡,越来越灰暗……后来,我离家出去了,走得很远,我在图林根,在柏林工作。战争结束以后,我又回到这里,它还是吊挂着。一半房子已经倒塌了——我离家很久了,非常久远,经历了很多痛苦,看到了死亡、鲜血,我曾经害怕过——在这段时间里,上面的坏檐沟一直挂着,把雨水引向空地,因为下面已经没有墙壁了。屋面上的波形瓦全掉光了,树木砍伐了,灰团掉下去,碎了,可是这块薄锌板还始终连着夹子,吊在那里,六年了。"

她的声音变小了,几乎跟唱歌一样,她握着他的手,他感觉到她是幸福的……

"在这六年时间里下过许多雨,许多人死了,多少教堂遭到了破坏,可是檐沟还是挂着。晚上,每当风起,我都能听到它发出咯吱咯吱的声音。你相信吗,我当时很高兴。"

"相信。"他说……

风突然停歇下来,一片寂静,悄悄地,不知不觉地袭来一丝凉意。他们把被子往上拉了拉,连手也藏在里面。黑暗中什么也看不清了,虽然她就躺在旁边,他也感到了她的呼吸,可是他连她的侧影也看不见。温暖的呼吸平静而又均匀地撞击着他,他想她已经睡了。突然,他感觉不到她的呼吸了,于是无可奈何地去摸她的双手。他感到她正把手从上面拿开,从头下或是从胸间,抓住他的手,紧紧地握住。他以一种从未经历过的幸福感觉到这是温暖的,只要睡在她的身旁,他绝不会受冷挨冻。他朝她挪了挪位置,跟她贴得很紧,以至于他们的手都必须抬起,因为他们身体间已经没有一点空隙了。他不再感到她的呼吸,猜想她一定把鼻子朝上仰着，凝视着天花板，黑洞洞的。他第一次想到：她可能在想什么。他希望她幸福。他爱她，可是他一点儿也不知道她的思想；他爱她，而且知道她也爱他，不过不知道她在想什么。他一点儿也不会知道的，在白天黑夜的许多时光里，她的脑子里形成了无数的思想，而他连最小的一丁点儿也不知道。他感到自己很孤单，而且感到她似乎并不十分寂寞……

突然，他知道了她正在哭泣。没有听到任何声音，他只感到床的摇动，知道她正用空着的左手擦拭泪眼，可是这也并不是明白无误的，他只是知道她在哭泣。他坐起身，顿时感到从门下扑进床上的一股寒意，他弯下腰凑近她，又感到了她的呼吸。呼吸扑在他的脸上，犹如一股水流，荡漾开来，温柔地从他身旁流过，让他一直到耳旁都能感受软软的触摸。直到他把自己的鼻子碰上她那冰冷的面颊时，还是什么也看不见，她的四周一片漆黑。突然，他的嘴唇碰上了她的一滴泪水。他一直听说泪水是咸的，咸得像汗水。从前，他的汗水曾从面颊上流淌到嘴边，于是，现在他知道了泪水是咸的，又咸又温暖，像汗水一样。

"躺下吧，"她小声地说，"有穿堂风，你会受凉的……"

他停留在她的上方；他想看她，可是什么也看不见。后来，她突然把眼睛张开，这时候，他看到了她那眼睛里闪烁着温柔的光芒和晶莹的泪水。他慢慢地躺了回去，重新去摸她的手，刚才，当他坐起身时，那只手已经抽回去了。她躺着,一声不响。他知道她还在哭,因为她的左臂偶尔活动着朝脸上摸去。他突然朝她转过身去,朝她脸上吹了一口气,感觉到她在微笑,于是他又吹了一下。

"非常好,"她小声说,"很暖和。"她也朝他脸上吹了一口气,非常猛烈,真的非常暖和,十分舒服。一段时间里,他们两人相互面对着,各自朝对方脸上吹着气……

后来,他在黑暗中吻了她,可是却感到她一股轻轻的几乎难以察觉的抵制,于是又滚滑到自己原来的地方。

"我想,"他说,"我真的爱上你了……"

"喔,对,"她说,"真的,我爱你……"

突然,他不由得打起哈欠来,身子猛地一阵悸动,犹如一阵痉挛,感到无限的倦意。她笑着,用一只胳臂搂住他的脖子,他感到她好像也在打哈欠,便匆忙在她脸上吻了吻,心里感到似乎从来没有吻过她一样,她好像是一个完全陌生的女人……

他用手臂钩住她的肩膀,把她拉得靠近自己,靠得很近。睡着了,他的脸贴着她的脸,睡梦中,他们相互交流着温暖的呼吸,如同交流着柔情蜜意一般……

15

她把柜子移开的时候,一团泥灰从墙上掉下来,大大的一块斑点,它的缝隙迅速蔓延开去。泥灰从柜边上啪的一声掉下去,顿时溅得满地,肮脏的石灰碎泥散了一地。她听到柜子的背面已经让掉落的泥灰堆积满了,砖墙也立刻裸露可见。当她把柜子拉向一边时,堆聚的泥灰松动了,沿着柜子的四只脚滚落下去。一堆肮脏的垃圾,全是石灰泥,灰蒙蒙的,云雾一般地飘扬起来,散落在房间内的家具上:一股细细的令人呕吐的粉末,她听到它们在柜脚下滚动。她移动脚步时踩到的地方,都是干燥了的灰浆,镶嵌在地板的大裂缝间……

她感到眼泪抑制不住地滚了出来,一股莫名其妙的绝望的苦果伤痛地填塞在嗓子眼里,像一段令人难受的香肠,它想从嗓子里出来,可是她却将它咽了进去,然后痉挛着脸又去干活了。她打开窗户,掸去泥灰,眼前又扬起一团白云,她不得不用抹布再度擦拭。她在心里悄悄地诅咒自己竟会突然地产生打扫卫生的念头。这是从哪儿来的?她不知道。要求整洁和卫生的愿望是刚刚产生的,她知道这一切都是毫无意义的。从前,一切都比现在干净。现在,刚刚擦洗过的地板上就清楚地看到斑斑点点和令人讨厌的圆圈圈。这是掉落上去的石灰,以前还没有发现。她的全部的努力只是使那些难以去除的斑点又违背意愿地透现出来。经过第二回擦洗的家具比第一回擦洗以后更显得陈旧、破烂，破落的地方和碎裂的洞口清清楚楚地一览无余，乱七八糟堆在一旁，很难看，几乎都不值得重新打扫。破床，摇动的餐桌，抬起的时候必须十分小心，免得桌腿从粘胶中脱落下来；还有两张橱柜，高高的，褐色，也沾满了斑斑点点的石灰，久经雨淋，上面布满小小的石灰灰粒，那是从破漏的屋顶上不断掉落上去的……

这里是一片肮脏的独特世界，无边无际，足以令她绝望，打扫它确实毫无意义了。墙纸破了，满地的灰团，裂着缝，有几处的墙纸只能靠浆糊跟灰墙联系着，可惜浆糊只粘着灰团。

当她小心地移动第二张柜子时，只听到一阵破裂的沙沙声，积聚在后面的泥灰块一起滚落在地上，拾起来有好几把垃圾……

她一桶一桶地拎着水走进房间，可是她只要擦拭两个平方的地方，干净的清水就已经变得像牛奶一般颜色了，里面溶解了石灰、石膏和泥沙，稠稠的，每次当她把水倒入下面废墟堆时，桶底里总是残留着厚厚的硬块，必须费力地冲刷才能干净。而每当她拎着一桶清水重新走进房间时，她都会大吃一惊地站在那里：刚才刷洗过的地方已经干了，闪烁着白色的光泽，一片皲裂，十分难看，而那些有待打扫的地方却是一片深色，很有规则。

墙根一旁的踢脚板也常常发出沙沙的声音，那是一种特别细腻的泥沙，这种泥沙只要一点儿就足够把整整一桶水染白,接着就不能用来继续刷洗……

她似乎憋着一口气,要继续奋战下去,尽管她知道,这实在是毫无意义的,却仍然一桶一桶地拎水洗刷。斑点反复出现,碎片也不断产生。后来,她偶尔发现一块新掉落下来的灰泥。当她拎起满满一桶在床后滚落下来的干泥灰出去时,她才看到这里形成了多大的一堆石灰、石膏、水泥和黄沙,床后的墙上早就赤裸裸地露出了砖石。她把桶注满,清楚地看到泥灰都松散地堆在墙脚下:墙壁和泥灰间有一道黑乎乎的缝,冒着寒气,她可以顺着缝隙把手一直伸进去。她小心翼翼地朝上面敲了敲,里面发出一阵空空的、神秘莫测的响声。外壳是不平坦的,有的地方陷落下去,那是因为灰土泥团的重量,形成了道道裂缝。就像一部详细分科的地理学,那些科目总会有一天分裂和跌落下去,而新的灰尘、新的掉落的石灰在地面上因为水的作用又黏合成新生的团块。一层白白的难以铲除的污渍如同顽强的嫩枝又不断地生长出来……

后来,她躺在床上,把脸转过去吸着烟,以免看到折磨自己几个小时的无聊劳动。这重折磨蔓延开来,时间仿佛无穷无尽。五斗橱上的闹钟指着五点;她一直劳动了七个小时,拎了无数桶水,纯粹出于被她认为是新鲜和可怕的本能。地板上五花八门,从铮亮的白色到深深的褐灰,魔鬼似的凌乱和没有规则,是一座记载着她的辛劳的斑斑点点的纪念碑。

衣服粘贴在身上,好像一层薄薄的橡皮,使她寻找不到借以呼吸的空间。她嗅了嗅自己：一股酸酸的汗味儿和脏兮兮的泥浆水的气息。灼热的寻找优质肥皂和干净衣服的愿望使得眼泪顿时涌出了她的眼眶。她熄灭了香烟，把大块的面包一点儿一点儿地掰下来，送入口中，慢慢地吃着……

外面在下雨，黑暗进入了房间，缓和了她在无聊清洗后所留下的令人气恼的痕迹。她吃完面包，重新点上香烟，躺在床上，听着雨声淅沥，吸着烟，浮想联翩。眼泪抑制不住地涌上了面颊，她阻挡不住。滚烫的泪水，很快冷却下来……

当她醒来的时候，吃了一惊，一骨碌爬起身，看了看，已经六点了。她觉得地板上的水迹似乎更深了。这里看起来虽然不干净，却显得稍微平滑和有了一点儿规律。她非常向往干净，这种要求驱使她重新开始，可是这一切又显得毫无意义，事后也还折磨人，毫无休止地折磨着人。肮脏似乎不愿跟清洁妥协，相反成为一种挑战，从而使它自己双倍，不，三倍地扩大、增加。当太阳光突然照了进来的时候，她吃了一惊，几张橱柜混浊得模糊不清，像被胡乱涂写过似的；地板上的图案也魔鬼一般，色彩斑斓……

她吃力地站起来，把水端到灶上，添上木材，看着她的宝贵财富：那是半瓶葡萄酒，半个面包，一点儿果酱，一块人造黄油，满满一瓶咖啡。她小心地用防油纸把咖啡瓶裹紧，此外还有烟草、卷烟纸和钱。钱就放在抽屉里，一小沓脏兮兮的钞票，几乎有一千二百马克，外加汉斯给她的五十马克;她觉得这笔财富相当巨大和令人安慰。她正看着,灶上的水已经烧开了……

她把肥皂放在鼻子下闻了闻,然后在面颊上干擦一通,那是为了更加接近地感觉肥皂的气味。这种薄片的气味简直可以跟杏仁香媲美……

她听到他在外间把一些重物放到地板上,显然是一只口袋,里面装着粗笨沉重的东西。当他走进来时,她看到外面又在下雨了,他的脸上湿漉漉的,煤灰和雨水混合着,黑黑的,一道道地流淌在他那疲惫而又苍白的脸上。他看起来像在哭泣,滚落出一脸黑色的眼泪。肥皂沫挂在她的眉毛和眼睫毛上,她眯起眼睛透过肥皂沫看到他的模样,她为自己袒露着胸脯而害羞,于是用湿透的双手把滑下去的衬衫往上拎了拎。他微笑地吻着她的面颊。一时间,他们想到依偎在一起看着镜子里的身影,他那黑乎乎的头从她的肩膀处冒了出来,衬托着她的明媚的脸……

他们坐在床上用餐。椅子上搁着咖啡壶,旁边是一叠涂抹得有点儿红色的面包。空气温和、甜蜜,外面下着雨,雨声淅淅,如同入了魔幻一般。天花板上黑色的圆斑又清晰可见了,像平时一样,每当下雨时,那些斑点就会无声无息地吸足雨水,慢慢地延伸并且扩大开来。它们会生长,一直到被破坏的楼层上形成的水洼里的水渗完为止。水迅速而又悄悄地呈现出来,就像渗透在一张吸水纸上似的,其情其景颇使人有点儿不安。这些圆圈就像正在朝他们张望着的眼睛一样,而当中,即核心部分是深色的,几乎偏黑，挂着往下滴落的泪珠——愈往边缘，层次愈加分明，颜色愈近浅灰。它们犹如种种信号，像亮起的警告牌，存留几天时间，以后便又不见了，只剩下深深的边框。有时候形成一块污迹，石灰啪嗒一声掉在地上，溅得到处是泥灰，而上面空露着板条编织的结构，一块暗暗的结构，最后慢慢地蒙上许多蜘蛛网。泥灰已经掉落的地方，常常会滴水渗漏。他们把床移开，现在床就搁在房间的中央，这一状况更加加剧了漂浮不定的印象……

他们躺在一起，相互间谁也没有碰谁。这里是干净的，仅仅这一事实就足以使她在内心感到幸福。有时候，当他把面包递给她时，他会碰到她的脸或者她的胳膊，她朝他微笑着。

"另外，"他说，"你的退役证通过了最严峻的考验。"

"是吗？"

"我为此得到一张行车执照，尽管——"他笑了起来，"尽管我显然是第一个被辞退的。他们指望第一批的人直到七月中旬再去。我想，我们现在就改动日期，然后一直等到七月中旬——不过，我已经领到票证了。"

"是吗？"她说，"到什么时候？"

"到七月底——谁知道到了那时候是什么样……"

"对，"她说，"几乎整整一个月——一直到那时——那么煤球呢？"

他又笑了起来："非常简单。人们只要跳上火车，往下扒就行了。有时候火车也会停的，它们几乎没有看守。我把这一切都仔细看过了,有时候观察整整一个下午。有人甚至把许多车辆到站的时刻也全都告诉了我。"他把手伸进大衣口袋,大衣就披在椅子的靠背上,从中取出一张纸条。"早上五点,然后十一点,下午四点以后,还有六点,火车都是按时的。应该要有一辆车。五点钟还在宵禁时间内,过不去的。你想喝咖啡吗?"

"好的。"她说。

她从靠自己床边的椅子上端下杯子,递给他。他倒上咖啡。

"对,"他说,"谁知道到七月底,或者到七月中旬该是怎样的形势。我们有钱,有票,有面包,有烟草。我每天去搬一百只煤球,这就够了。我听说五十只煤球换一个面包,十只换一盒烟。"

"对,"她说,"会是这样的。面包是香烟的五倍,而煤炭在夏天时比较便宜……"

"温度计下降的时候,价格表就会上升。不过,到那时面包也会涨价的——冬天挨饿更加令人难受。"

"我们不愿意想到冬天。"

"说得对,"他说,"天知道,我们还不愿意想到冬天。"

"我很幸福。"她慢慢地说着。

"我也是,"他说,"我还不知道从前是否如此幸运过。"

他们沉默了一会儿,雨声淅沥,又阻挡不住地传了进来。树木在潮湿的朦胧之中滴落着水珠,而每当水滴从天花板上滚落下来时,都会发出啪嗒一声……

"你想吸烟吗?"他问,可是她没有回答。当他转过身去时,看到她已经睡着了。她在睡梦中微笑着,他往前凑了凑,直到让她的温暖的脸靠近他的胸脯。我爱她,他想,我了解她,我还会了解她的许多方面,可是不管有多少,还始终是一点儿,几乎什么也没有。

16

  他很累。很久以来他都没有起来得这么早过。他几乎还在睡觉。天很凉，甚至连僵硬的、几乎看不见跳动的细细的烛光也好像畏缩怕冷似的。它们又黄又陡，瘦瘦的，可怜兮兮地插在祭坛后面一片浅蓝色的阴暗之中。其实他还没有认出来，这里到底是一堵刷白的墙还是褪色了的门帘。所有的烛台都已经陈旧不堪，还有被烛台夹在当中的神龛，很矮小，有点儿倾斜。人们默默无语地蹲着或者跪着，有的人身上发出一股子臭味，就像忍饥挨饿的人住在不通风的房间里一样，有一股子甘蓝和冷却了的炉烟味。他看到前面人的脖子都是细长的，头发从妇女头巾下鬈曲着露出来。在这种谦恭的绷着脸的安静之中，他听到牧师平静而又均匀的讲话声，牧师好像有很多时间："我们主耶稣之体保佑你的灵魂永生。阿门。"
  他还从来没有听到牧师把一个句子对每个参加的人都说得非常清楚的。大多数人只是含糊不清地嘟囔着，一直嘟囔下去，可是这一位却始终站立着，他把圣饼交给每一个人时都要说上完整的句子。圣餐仪式持续得好像漫无止境。他背后的门也许没有关紧，有穿堂风。墙缝和窗子都用板条挡住了。木板受了潮湿脱落下来，或者浸水泡胀，坏了，断断续续的，中间流出一股肮脏的液体：胶水，从前是用胶水把木板黏合起来的……

前面祭坛所在的地方大概是一座哥特式的圆拱门,直通教堂中心。门口砌着墙,也许张挂着一块大幕布,不过他始终还没有看清楚这里到底是墙还是门帘。这里只能看到一根仿哥特式的立柱,上有镀金的撑杆,尖拱形,立柱的两端从祭坛的上方穿过中心。

一切都很缓慢。牧师还在向人们分发圣餐。人们朝圣餐长凳走过来,他仍然仔细而又隆重地念叨着,声音从每一个贫穷、灰白的头顶上空荡漾过去。他高高地扬起手臂,递上薄薄的圣饼,说着:"我们主耶稣之体……"

担任辅助弥撒的人把合唱队的歌手衣领拉高,他好像正挡在牧师宽大衣袖褶缝的后面搓揉关节取暖。此外,人们还能清楚地听到他过一会便要清一清鼻子的声音。牧师举起双手进行结束祷告了,辅助弥撒的人给他回答的声音显得含糊其辞、敷衍了事。有时候,他昂起头,斜着眼睛盯着蜡烛,好像为浪费了蜡烛而感到遗憾。最后,他捧着弥撒书跪在地上。牧师缓慢而又沉重地在他头上画着十字……

不管怎么说,汉斯还是感觉到了和平和愉快。他还看着男孩急忙吹灭了蜡烛,跟着牧师走进法衣室。外面很亮,大概八点钟光景。他穿过街道,摁响了门铃,听到铁栅栏门后传来急促、低沉的铃声。女管家从后面拉开门锁,她露出一张宽大的脸,红扑扑的,疑问地看着他,问道:"弥撒已经做完了吗?"

当他答应了声"是的"时,她二话没说便拉开门,招呼一声："请您进来。"而她自己已经转过身，朝走廊里走了进去。

他跟着她。后来，当他在走廊的尽头碰上一堵木板墙时，她消失不见了。他想：我也许应该等一下……

不知从哪一个他反正看不见的角落里传来了碗盏碰撞的声音，他突然又闻到留在走廊里的令人反胃的、脏乎乎、甜兮兮的气味，特别集中在半是撕碎半是潮湿不堪的粗黄麻布包上：这是煮烂了的甜萝卜发出的气味。一股蒸汽从角落里冒出来，后面想必就是厨房，这里使他又暖和又反胃。显然，她正在忙着煮萝卜叶子，如同家家忙碌的一样。在一个不通风的炉子里，点着潮湿的木材，因为正好有烟雾和煤烟的气味飘到他的眼前。女管家的歌声从角落里传来，他显然无意踏进角落去，只听到歌词唱道：上天请降雨。然后她又自唱自答，声音变得更加低沉、含混：云朵里果然下了雨。显然，她对歌词理解的程度难以超过这两行歌词的内容，因为她在口中反复咀嚼这两句话，吞来吐去，不断地发出低沉的吼叫。他想趁她停止唱歌进行休息的时间里——肯定是忙碌灶上的活——他想趁这段时间把偶然想起的拉丁文祷告重新回忆着整理一遍。这么久远了，几乎过去十年了，那时候在学校里，宗教课的老师给他们灌输的拉丁文祷告：主啊，请别怪罪我。那种冗长的半是说白的歌声，到结束的时候变得明亮、轻快，犹如温柔的花蕾。突然，正当他在回忆这些冗长的祈祷文时，女管家的歌声又响了起来：上天请降雨。

阳光终于从家门口透进了走廊。他从白色光线的阴影中认出瘦长的牧师，同时看到他正好站在木板箱的面前，后面是盛装土豆的箱子和肮脏的破烂。身影越来越近，当他在黑暗中感觉到来人的呼吸并且看清白皙的脸时，他大声地说："施尼茨莱。"

"啊，施尼茨莱。"牧师急忙回答说，显然非常激动。"您来了，很好。我很高兴……"

牧师打开门，苍白的阳光扑了进来。他踏进屋子，看到面前一片混乱，床、椅子、书架、报纸、一袋胡萝卜和一张大桌子，桌子上堆着书……

"请您原谅，"牧师不安地说，"这么凌乱。人们住得很挤。"

他盯着四周看了很久：房间看起来真的很糟糕——不过床还是整理过的，或许这就是房间里唯一值得整理的工作。地板也是干净的，如果它还称得上是块地板的话：大概有三个平方的木地板，木板间带有明显的大裂缝，里面沾满了潮湿而又黑漆漆的垃圾，闪着光亮，这是擦洗地板时留下来的标志。书架上颠三倒四地插着各种不同的书。他走上一步，想把书理顺过来。正在这时，牧师带着女管家走了进来，他托着一个盘，盘内放着咖啡壶、两只杯子、面包片，另外一只碗里盛着萝卜汁。女管家在一只手上捧着木板，另一只手上拿着一团木棉……

"您跟我一起喝咖啡，好吗？"牧师问，"天很冷，是吗，六月份还很冷。"他大笑起来。

他真的饿了,而在这个房间里他又感到寒冷难熬。他说:"是的,谢谢。"女管家把木棉塞在床后黑黑的炉膛里,让小木块掉落下去,然后把一张报纸折了折塞进去……

"放下吧,凯特,"牧师说,"我自己会弄的。"她走了出去。当她把门锁上时,人们听到她又在外面唱了起来,显然带着巨大的享受:"上天请降——",然后转过墙角消失不见了。

牧师把一块点着了的木板凑近折好的报纸,深蓝的火苗迟疑着往上面烧了起来。下面浓烟滚滚,炉盖上升起了浅灰色的小云雾。

"请您原谅,"牧师说,"累您久等了,教士病了,我当时必须赶读第二个弥撒。我到昨天还不知道。但愿我没有耽误了您的紧要事情……"

他站在炉子旁,搓着双手,新奇地打量着汉斯,然后又把目光垂下,嘟囔着说:"您也许不知道,在这个教堂里多冷啊,我简直感到再也无法暖和起来了,可是在冬天有什么办法。"他果然面色苍白,厚厚的嘴唇疲劳地下垂着。美丽而又悲伤的眼睛下面——这也许是他唯一美丽的地方——泛起了深深的红晕,眼睑上浮起了激情。炉子里响起木材爆裂的声音,牧师伸手到床底下,从一个木板箱内拿了两个煤球,小心地从上面投进火中。他好像被一言不发的汉斯激怒了。

"我真的没有耽误您吧?"他神经质地问道。

汉斯摇摇头。"没有,"他说,"您曾经请我来过一回的,我……"

"是的,"牧师说,"我请您的——您的夫人转告您——请稍等片刻。"他走近桌旁,把杯子倒满,然后坐下。"请吃一点儿面包和萝卜叶子……"

"我已经用过早餐了——咖啡很好。它是热的。"

"您还是再吃一点儿吧。"

"谢谢。"

牧师用刀和左手食指合拢,像夹子一样拿起一片面包,再用调羹舀起非常稀薄的萝卜汁涂抹在上面,萝卜汁还是热的。他开始饶有兴趣地吃了起来——有时候,他转过脸去,看着炉子,皱着眉头,断定说,薄铁皮被烧红了……

他吃得很慢,其模样真像那种知道自己还饿着,而从今以后再也没有什么可吃的人一样,他在故意推迟这一可怕的时刻。此外,萝卜叶子似乎搅得他牙齿生疼,有时候他的脸也扭歪了。他竭力想要镇定下来,嘴角边泛起了一阵可怜的冷笑。最后一片面包他干脆就着热咖啡咽了下去。

"您一定会吸烟。"他一面伸出宽大的大拇指,粘起盘子上最后一点儿面包屑,一面说。

"对。"汉斯说。

"请您把口袋递过来。"口袋搁在钉在墙上的木板书架上,两旁是衣箱和纸箱。纸箱内放着穿脏了的衣服,口袋里装着粗粗切断的灰黑色的烟草。汉斯拿起口袋,递给他,同时打开盒子,盒子里只有一点儿烟草屑和黄色的卷烟纸本。

"您自己卷吗?"

"是的。"汉斯说。牧师把袋子递上,开始装填烟斗,然后坐回来,清了清嗓子,说:"我不知道该怎么办,请您千万原谅。平常我们不会把信徒们统统召集起来,我相信这是人们所不愿意看到的现象——我们的上级很敏感,他们反对任何引诱改变信仰的人。"他咳嗽得剧烈起来,从嘴边擦去少许白色的唾沫。"可是我有这个权利,因为我认识您的夫人,而且在我拜访时就知道您正是不久前到墓穴去过的人——正如您看到的,我们必须把它清理一番——教堂上端的山墙已经倒塌了,墓穴的天花板上也出现了裂缝——"

"我看到了。"汉斯说。

"这座教堂很难看。"他耸了耸肩膀,显然他宁愿谈论其他的话题也不要讲业已开始的那个内容。"这是一家医院小教堂……您还不知道我认识您的夫人吗?"

"不知道……"

"我安葬了您的孩子……"

"那个不是我的孩子……"

"是吗?"他清了清嗓子,手指神经质地在烟斗上翻动着,烟斗似乎堵塞住了。"我把孩子埋葬了。您的夫人很相信宗教。"

"是吗?"

"您还不知道吗?"他从口中取下烟斗,以诚实的惊讶注视着汉斯。

"不知道,"汉斯说,"我不知道她如此信仰宗教。我们曾经简短地谈论过一回关于宗教的事情……"

"而且您还没有结婚……没有举行过教堂婚礼,是吗?"

"没有——也没有通过官方。"

牧师鼻子里哼了一声,便又把烟斗塞进口中。烟丝很难点燃,一阵激烈的抽动以后他累得几乎上气不接下气。过了一会儿,烟丝终于燃透了,升腾起一股股真正的烟雾。

"您瞧,"他说,"我跟您的夫人已经谈过几回话了,那时您还没有到过这里。她的确很相信宗教,甚至很虔诚——您不知道,真的不知道吗?"

汉斯默默地摇了摇头。烟丝很强烈,显然是自己制作而又匆忙晒干的。他感到有点儿头晕,疲劳从心底里升起,犹如一股慢慢扩散的毒液,堵塞住神经意识的任何一个洞眼。他喝一口咖啡,牧师举起手臂又往杯子里倾倒咖啡时,他放肆地顺着宽大下垂的黑衣袖朝里望了进去,看到一条毛茸茸的肉胳膊和往后卷起的衬衣袖口,一直堆到臂弯。他心里想:他既然很冷,为什么不把衣袖放下来。滚烫的饮料使他精神振作起来,这时他听到牧师还在讲话,不过前面的几个句子他没有听清楚,只听到他现在说道——"神仙圣事,我不明白,人们怎么会不相信并且放弃神仙圣事呢?您能找出一条理由来吗,怎么啦?"可是他明显并不期待一个答案。"您也信宗教,是吗?"牧师严厉地看着他,又大声、尖利地重复了这个问题:"您是信宗教的?"看来他这回等待着回答。

"是的。"汉斯不假思索地回答说。这时候他才真正地想起来,他从原则上几乎从未停止过相信宗教。所有这一切对他都是理所当然的,尽管有时候这些东西带来许多疲劳,而它们自己也不见得有多么重要。

"反正,"牧师微笑着说,"反正这也并不少见。"他微笑得更厉害了,脸上泛现了令人难以接近的愚昧的光泽。他终于从口中拿下了烟斗。"您有一位代言人,一位卓有成效的代言人,您几乎难以逃脱他的请求。"

汉斯目瞪口呆地看着他,不明白这话的意思。他摇摇头,慢慢地结巴着说:"我的母亲……一定是……"

"不仅仅是您的母亲——还有您的父亲,也许……您对有些人一无知晓,可是有一个人您是知道的,肯定知道的。我告诉您,人们可以为这些小人物祈祷——非常清楚,从神学观点上看毫无疑问,他们是跟上帝在一起的,您明白吗?"

汉斯摇摇头。

牧师惊愕地望着他,他眯缝起眼睛,害怕地说:"孩子——您还不明白吗?"

原来如此,汉斯心想,他在暗示孩子。有的时间里,他根本不想这些,而有时候可怕的痛苦始终伴随着他,寸步不离,犹如一种令他说不出名字叫不上口的疼痛一般。他看着牧师,说:"对,对——可是这并不是我的孩子……"

"本来么——您跟他的母亲生活在一起，组成整体，人间再也没有比这一层更为亲密的关系了。"

他明白了，孩子已经归天。对此他一点儿也不怀疑，一个六周的孩子又很快回到天上去了。人们对此无需议论什么——可是他觉得愚蠢的只在于，这样一个小小的玩意儿竟是他的代言人。

他把烟蒂小心地放进烟盒，问道："难道这就是您请我过来的原因？"

牧师点点头："您必须原谅我……总之……我感到自己是有责任的。"

汉斯叹息一声站了起来，走到炉旁。"您缺煤炭吗？"他静静地问。

"是的，是的，"牧师说着转过身来，他们四目对视着，"它们很贵……"

"我会给您送一点儿来……"

"喔，您是说……"

"您用不着给我付钱，它们对我来说是一钱不值的……"

"您是因为职业上的方便才弄到煤的。"

汉斯大声笑了起来。他笑的声音很高，似乎很久以来第一次这么衷心和自由地开怀大笑。他笑得很激烈，竟至于呛得剧烈地咳嗽起来。可是，当他重新看到牧师愚蠢而又可笑的目光时，不由得又笑了起来……

"请原谅我，"他说，"可是您说职业上的方便，职业上的方便说得很好。"

"怎么啦,"牧师好像真的受到了侮辱似的,"这可是完全可能的。"

"是的。"汉斯说,他感到突然遭受一阵悲哀的袭击,心里渴望着跟勒基娜待在一起,躺在她的身旁,渴望听她讲话的声音。"是啊,"他说,"我在职业上跟它们无关,我偷煤,并且以此为生……"

"原来如此,"牧师说着笑了起来,"这大概是很紧张的吧?"

"只有传说中的一半厉害,相当简单。人们只要有点儿克制——如果口袋里只装了三十个煤球,那么谁也不会找他麻烦,我每天出去三回,每回拿三十个。这是一种十分准时、十分有规律的生活。我的行装跟铁路工人一样,口袋、手电——也有一份行车时刻表。我如同官员上班一样准时到达岗位。我的谦恭显然赢得了警察的尊重。我将给您送来煤球……"

"我愿意为此而付钱……"

"不,不,这也是一种愉快,如果……"他突然噎住了,心情不安地瞅着牧师。他第一回感到诸如同情一类的字眼是不配用在对面这个人身上的。他们对望着,汉斯感觉到他的脸干巴巴的,疲倦吞食了他皮肤中最后一点儿平整的地方。他觉得像在跟一具松弛的皮囊一般的外壳周旋着,这具外壳跟他自己是没有任何牵连的。他小声地说:"我想要忏悔……"

牧师突然而又急促地站了起来，汉斯不由得吃了一惊。"快，快，"他大声喊着，"请您坐到这边来。"他的脸上表现出愉快和恐惧，也有一点儿不信任的模样。他以一种急促和热情活动着，就像奔跑到灶旁去迅速端开一只煮得溢起来的餐具一般。

"请您坐在这里。"他大声地说。他自己迅速从钉子上取下法衣，把咖啡杯推向一旁，支撑起两肘。看他用手掌掩住自己颜面的架势完全是职业性的、娴熟而又有点儿下意识的。他小声地耳语着："以圣父、圣子和圣灵的名义。"

汉斯结结巴巴地重复这些话，然后说："阿门。"

"我不知道最后一次是什么时间作的忏悔。"

"请您尝试一下，把它回忆起来……"

"我们现在是哪一年？"

"一九四五年。"牧师毫不惊讶地回答。

"喏，我清楚地记得，我在一九四三年作过忏悔，那是冬天，在一场战役的前夕……"

"那就是过了一年或者两年了。"

"对。"他结巴着。他的目光不断地从牧师被煤球弄脏了的手上滑落下来，然后紧紧地渗透在雪白铮亮的面包盆和残留着黑盐的空盆以及灰色的桌布上。

"我常常感到，"他小声地说，"很无聊。我没有崇拜过陌生的神仙，妻子生前从未欺骗过她……"

"您曾经有过夫人？"

"对……很无聊，"他说，"非常无聊……没有圣事——

没有弥撒——最后一回弥撒是在一年前。对——一年前——我违反了第六条戒律,有几回——我偷窃了,战争时期常常偷窃——现在偷煤球——我跟勒基娜一起生活——不过她是我的妻子。"他的口气非常坚定。

他把手指略微叉开,它们由于刚才痉挛一般紧紧地握住而十分疲劳。透过手指,他看到牧师微笑着,似乎没有发现自己正在看他。

"那么祷告呢?"牧师问他。

"我不知道……"

"请您试着回忆一下。"

"我已经很久没有祷告了……最后一回是在野战医院,这或许是两年前的事了……而煤球……"

"哼,"牧师从鼻子里"嗯"了一声,"您拿了多少?比您需要的多吗?"

"对,我用它们去换面包和香烟……"

"也送掉一点儿吗?"

"对。"

"行了……您不允许为此而致富……为了生存是没有办法的,您明白吗?"

"明白。"他沉默了。

"这就是全部内容吗?"牧师低声地问。

"是的。"

牧师清了清嗓子。"无聊,"他说,"并不来自上帝。您要永远记住。它也许对某种方面是好的,正如恶能够以一种秘密的方式服务于善，必须服务，您明白吗？可是无聊绝不是直接来自上帝的内容。您考虑一下吧。如果您感到无聊，您就去祈祷；如果您一开始感到更加无聊了，您就反复地祈祷。您听到了吗？终有一天会收效。不断地祈祷——您应该登记结婚。您也应该参加圣事活动，它们是我们的精神食粮。您只要想您绝不会毫无功德的。认为自己是再也不可能获得怜悯的罪人，这种意识也是一种骄傲，一种完全特殊形式的、几乎可以跟谦恭相混淆的骄傲。您愿意办理登记结婚吗——您的夫人深受这种状况的折磨，请您相信我的讲话……"

"您为我们主持婚礼吧？"

牧师沉默着。"我受着法律的制约。我们不能为未经官方登记的人证婚。您为什么不去进行官方登记呢……"

"我的证件不是真的……那里会要求出示证件的……还是您给我们证婚吧……"

牧师叹息一声，沉默许久。"我将办这件事，"他说，"不管有任何法律的约束，我都来办，我给您进行有条件的证婚，您得答应我将来进行官方登记，而且还得补办教堂的结婚证书……"

"我答应做到。"

"好极了，"他说，"您和您的夫人一起来找我吧——做完弥撒以后，到法衣室来——带上一些随意的信物。您再想想悔约……"

牧师把撑着的手从桌子上放下，两手交叉，简短而又虔诚地祷告一阵。汉斯尝试着回忆从前什么时间曾经学过的追悔祷告，口中默默地念道："我疲倦了，疲倦了，我饥饿了，我要呕吐——请大发慈悲。"不知不觉间却已经念出声音来了。他大概又陷入短暂的由于疲劳而引起的头晕目眩了，因为他抬头看到牧师的脸煞白。牧师站起身，轻轻地嘟囔着："赞美耶稣基督……"

他立即站起来，脸对着火炉，却突然想起，他还没有为此获得惩罚。

"您还没有给我任何处罚呢。"他说，连身子都没有转动。

"您每天都跟您的夫人诵念一遍主祷文，说一声'向玛利亚致敬'。"声音非常冷静，有点儿神经过敏和无聊，而汉斯却感到分外舒适。他把手伸到床底下，又掏出两个煤球，扔在火炉上，说："我给您送一点儿来——明天清早。您必须接受我的东西……"

当他转过身来时，看到牧师拿起他的烟叶盒，装得满满的。他把大块平整的烟叶塞进去，然后合上盖子，说："您应该接受我的这份礼物——我是巧妙地从我弟弟那里得到的；他自己种植的。"

"谢谢。"汉斯说。告别的时候，他避免再次看到牧师的那张脸。

17

蜡烛的火光掩映在小小金盒的盖子上,一点儿微弱而又温暖的光亮反映在墙面上,并在那里组成一幅跳动的图案,一个抖动得似要爆裂的圆圈,可是却被框住并且在小小的范围内胡乱地舞蹈。修女晕过去了,宛如一座多褶的深色的纪念碑,这里只有宽大而苍白的手像是活的。这只手虔诚地拍打着胸脯,从隆起的地方透现了三回,等到第三回时便终于消失了。

牧师像打开怀表一样地打开了盒盖,墙上的光斑熄灭了,小小的圣饼在濒临死亡的女人眼中激起一阵幸福的闪光。她想要抬起双手敲打胸脯,可是疼痛使得她犹如瘫痪了一般。它把女人的身体揪扯得缩作一团,五脏六腑就像在恶狠狠的重拳袭击下唯一存下了疼痛,野蛮的剧烈的疼痛,它突然又倏忽一下消失不见了,速度快得令她惊讶,她不由得一阵头晕目眩。心底里升起了一股什么,喷射到床头柜的边角上,激烈地一直淹没到十字架的柱脚,溅得一根蜡烛上斑斑点点。这股洪流轰然一声穿过床沿扑向地面,组成一汪巨大的、迅速蔓延发展的水洼。水洼中,修女的一只鞋子闪闪发光,宛如一座海岛;这是血,很黑很黑的血……

修女喊叫起来,牧师又把盖子合上。一时间,小圆圈又掩映在墙上跳动着,直到牧师把盖子藏在他的衣袍下面……

女病人几乎没有改变她的姿势，身上似乎也没有弄脏，只是在下巴上挂着一滴血，又稠又黑。她看到盒子消失了，知道她已经过了这道最后的安慰。她感到虚弱，但毫无疼痛，直到那只不可见的拳头又在身体内抽搐着。这只拳头团团围住的并不是物质，而是疼痛，是致命的一无所有。它在野蛮的压榨下将会爆炸破裂，将会重新升腾起来，快速而又激烈。血，这一回黏糊糊、沉甸甸地流经她的胸脯，像墨水一样滴落在床单上：深深的一大块，圆圆的……

牧师的脸上显得孤零零的，他那黑色的法衣融合在黑暗之中，他的疲惫而又吃惊的脸透现在这种黑暗之中，双手僵硬而又合乎规律地弯曲在胸前……

"请再给我降福吧。"她小声地说……

他垂下目光，看着地面，看到修女的一双手起劲地动弹抹布，可血并没有被这块灰色而又潮湿的隆起物吸掉，它看起来好像面团一样黏稠，很快地流淌着，像一种稀罕的物质朝着一边滚动着……

他走上一步，为她赐福，悄悄地跟她说："您别害怕，您已经接受了忏悔的圣事和临终涂油礼。请把您的痛苦交给我们的主吧，他善识一切人的苦痛……"

"对，对，"她小声地说，"请您喊医生来。"可是她看到医生已经进来了。从他宽大的身旁又进来了另外一个人，他在走路时匆忙扣上白色的大褂。从脸部严峻而又疲惫的神色中，从轻快而又慌乱的手势活动中，她立刻认出这是一位专家。当他揭起她的衬衣，用手触摸她的肚腹时，她想要抵制。他那张毫无希望的脸离得她很近，几乎紧贴着她的胸脯。这么一张自负的老人脸，它熟知礼仪的分寸，现在又让它程序似的演绎一番：怀疑——高挑起眉毛——思索——疲倦，同时用叉开的手指在她的肚脐周围摸索着。当他突然用力往下压的时候，她不由得喊出声音来，感到五个手指好像五根钻探的铁条，看到他的脸上露出了一丝满意的神情，她小声地对着他说："走开——走开，请您走吧！"

可是他现在又开始听她的心跳，一口血从她的嘴里喷到他的背上，当它离开口边时，已经不再流动，而是凝固变黑了，成了固定的一摊。他却丝毫不受影响：他弯曲着身体往前探视着，如同一位仔细研究地图的将军，处变不惊，全然不畏惧指挥部周围炸弹的爆炸声，因为他知道他的腹背万无一失，胜利如囊中探物一般——而这一切都是将会扩大他的声誉的小事情。处变不惊……

虽然他对有待确诊的早就确诊了，不过他还是俯着身子看了她一会，然后抬起身子，一面静静地把被子给她盖上，一面示意同事们走近墙角……

"您有底片吗？"

"有的，刚送到。"他从信封中取出底片，招呼修女把烛台端近一点，看到牧师又走近床边去了。烛光使得浑浊的底片呈现荒芜而又微红的透明色泽，照亮了一个少见的深灰色的圆圈圈，圈内有一些黑黑的硬点，历历在目……

"真是难以相信,"权威的医生咕哝着说,"她居然还能活着,难以相信……"

"这是一个月以前拍下的片子……"

医生示意修女把身子略微弯下去一点,因为她的影子正好挡住了第二张底片。他用食指朝着由灰色、微红而逐渐转向模糊的底片平面轻轻地叩动了三下。"一、二、三,"他说,"然后没有了,这张片子是我亲自拍的……"

"第二张也是……"

"对,"他说,"这里在延伸、扩大,就像突然遮住一只手的肉赘——那些溃疡想必——我的意见是——含有一种物质,这种物质往外流淌的时候又形成了新的溃疡——如同——如同树瘤一样——也许是出于神经质的原因,对吗?"

专家一声不吭。他从同事手中接过第二张片子,把两张片子并排放在一道,咕咕哝哝地说:"我真的很难相信这两张片子是相隔不久拍摄的,如果不是……"

"我可以保证。"

"当然。另外,我知道这种现象——这是很少受到观察的——对肌体的损害以几何速度往前;那是很有趣的,"他降低了声音,"拍摄到目前这种状况的片子。无论如何要分析喷吐出来的血液,"他冷冷地一笑,低声地说,"我在大褂上已经有了一大口的取样。我们应该跟她家人商量一下。请您陪我一起,"他把声音降得更低了一点儿,"但愿我们能够进行尸体解剖!您过来吧……"

她看到牧师离得很近,却听不到讲话的声音,只有他的一张脸,十分清楚:激动和疲劳似乎在互相抽搐、颤抖,他的嘴唇激烈地活动着,可是她什么也没有听到。这种剧烈而又沉默的结巴在她看来真像一位情人令人陶醉的耳语:牧师美丽的大眼睛里闪烁着愚蠢的快乐,里面又夹杂着惊恐……

"钱,"她说,"我有很多钱。它应该归您——您听到我讲的话了吗?"

她看到他点了点头,沉默的请求停止了。他的双唇只是轻轻地抖动着……

"很多钱是属于您的——一分钱也不给那些人——一切都归您——您可以再送给别人——我的全部的钱,您听见了吗?"

他又点了点头……

她似乎看到维利就站在身旁,他的上士军衔的星星在黑暗中闪闪发光。他跪了下来,她看到肩章的银条就在眼前,两根马蹄钉一般的纹条闪着银光,星星镶嵌在其间的绿布上。他的脸苍白、虚弱,她精疲力竭得再也幽默和嘲笑不起来了。

当他埋下头去的时候,她看到他的后脑勺上几块稀疏的地方,那是疤痕累累的脖子,听到他说:"我爱你,就像人们爱一座纪念碑一样——并不是你个人,只是纪念碑,因为我曾经爱过你一回。我还记得。"他又把头重新抬了起来，这时，她仅仅看到了脖子。"不过，我并不恨你，这是许多——我不恨你，那时只想跟你说一声再见——再看你一次——我们不会再见的。"

她想把双手放在他的头上，可惜够不着。突然，越过上士肩头露出了牧师的脸，她听到另外一个声音说道："请您在这个时刻别再想钱，这是您的……"

"不，"她耳语着说，"我想钱，我希望您把钱……"

维利的头又挺直了，两颗脑袋相互替换着，犹如人们手中迅速交换的画片，声音也在不断地更换，其中有个声音称呼她为你，而另一个则说您。

"只是请您答应我，对那个老头则一文不给。"

"如果您走近上帝的法庭，那么您就不应该……"

"我恨他……您必须答应我……"

随着维利的讲话声，她又听到了大炮打进城市某一地方的声音，爆炸非常激烈，这是跟一般的炸弹两样的……

"我祈祷信徒的……"

就在声音重新响起的时候，炮火消失了……

"我必须走了……那么……"

"……诞生于圣母玛利亚，归宿于圣灵……"

她看到灰色的身影朝门口走去，他们开门，关门。当门重新合上时，外间沉闷的火炮呼啸声也消失了……

"请下地狱去吧……"

疼痛像一阵轻轻的钻探，然后如同塞壬女妖的号叫一般扩散开来。她的五脏六腑似乎混乱地相互敲击着收缩成一团,那是为了把它们往上面挤压……她感到嗓子间像被掐住一样——却不知道自己正在叫喊。她听不见声音了,而最终能够看到的只是那些默默活动着的嘴唇……

炎热而又昏暗的光泽照在牧师的下巴间——稠稠的血发出一股令人作呕的气味,直冲他的鼻子,使他头晕目眩。他迅速站起身来,可是已经太迟了:他教士长袍的扣子还没有扣上,一股波浪冲上他的衬衣前襟,迟缓地流淌下来,他感到了它的沉重和潮湿。他站起来,掏出金色的小盒子,害怕地看着它:斑斑点点,它被溅上了。他用手小心翼翼地抓住盒子,生怕它滑落下去,然后迅速而又害怕地用衣袖擦拭弄脏了的一面。这时,他看到修女朝床急速地弯下腰去,竟至于蜡烛摇晃,立式十字架的小小的侧影变得越来越大。横梁的影子在很高的地方晃动着,那是屋顶,又宽又暗,然后火焰又变小了,十字架的大黑影也随着它一起越来越小。他看到了另外一幅阴影的图像:蜡烛熄灭器。它像一只巨大的风袋,慢慢地往下沉降,盖住了一根蜡烛,角落间顿时一片黑暗,十字架的黑影突然往左跳动了一下,朝着床边,那里还燃着一支蜡烛——

"她死了吗?"他轻轻地问。

修女点点头……

"愿上帝保佑她可怜的灵魂……"

他转过身子。他在走廊间匆忙看到的那个男子,一个瘦削黑黑的身影,带有一张专横霸道的脸,慢慢地走上前来,当他看到那张石头般的脸上老泪纵横时,不由得吃了一惊。

他想，也许是父亲，于是侧过一边，让那个人走过去，修女也让了路。他这时才第一次看到死者：小小的脸，黄黄的，嘴还张开着，似乎还想重新吐血，张开的嘴巴痛苦地微微弯曲着，使得那张脸呈现着无限疲倦和令人呕吐的形象。

修女示意他走开。他把金盒塞在胸前，趁着往外走时小心翼翼地把法衣扣子扣上……

18

　　费舍朝门的方向望了望。当他看到门关着时,便弯下身子,打开床头柜的锁。他拿出拖鞋和一双揉成一团的脏袜子。这时,他的脸几乎弯到了地面。他看到血迹还没有全部擦去,一块薄薄的深色的血痂仍然粘在地板上。他叹息一声,抬头看着蜡烛,当他把夜餐的碗具推向一边,喘着粗气吃力地撑着床沿坐起来时,内心不禁感到有点羞愧。从他听说的一切关于遗产诉讼的内容,那些全都归属于——他出了一身冷汗:那张纸不在床头柜的抽屉里。当锁发出咔嚓一声响时,他大吃一惊。他用手支撑在地面上,看到床下半阴暗处有一只箱子。于是,他平躺在地上,试图抓到箱子的把手,可是箱子却被推向后面去了,一点儿办法也没有。他必须,他必须把头伸到床底下去,然后用双手向前摸索,心里止不住要吐。这时他用肚腹伏在垃圾上,这是一层令人作呕的厚厚的灰尘。他正想再往前爬动一点儿时,鼻子已经贴在灰尘上了。丝状的灰条呛进口中,剧烈的咳嗽阻碍着,他还没有抓到箱子。他屏住呼吸,压住咳嗽,一把抓住了皮把手。周围一片寂静,而在寂静中他听到门打开后又被锁上了。他躺着不动,只听到一个脚步声,然后又寂静如初。他想,现在一定有人站在那里,看着他的两条大腿、鞋子,看着一个男人可笑的半截身体躺在床底下。他在心底里悄悄地咒骂着,这种激烈而又丑恶的内心诅咒使得自己轻松了许多。他思量着未曾吐出口过的语言，也许这类语言是否存在也只是他思维中想象的事——"他妈的——婊子养的……"如同一次内心的解放。他决定从床底下钻出来。于是，他用一只手慢慢地往后倒退，而另一只手则抓住箱子的把手，一面激烈地呼吸，把郁积在心内的气吐了出来——周围扬起一片尘土，垃圾又钻进鼻中、口中，他忍不住想要打喷嚏。他的衣领挂在褥子的铁丝钩子上了，他又停止往后倒退，心内不由自主地重新骂起了令人作呕的话。他感到充满着混合了呕吐和欢乐的矛盾，汗和垃圾愈来愈多了。他急速地一拉，知道衣领撕破了，慢慢地退了出来，面孔正好对着那个人的背影。他把箱子扔在床上……

"你想要干什么？"他往后嘟囔着说了一句，一面擦了擦脸，拍打着沾在衣服上的灰尘。

他几乎什么也看不到，心在剧烈地跳动。眼前令人激动地旋转着的图像慢慢地平静下来：床头柜上的十字架，粉红色的墙壁……

他在心内不由自主地继续咒骂着，也不知道究竟咒骂什么。一股突然而又激烈的欲望，满足了愿望，使他感觉到一时轻松，心里充满了一种非常敏锐、几乎近似于致命的欢乐。那是一种寻找令人作呕语言的乐趣，背诵陌生世界丑恶词汇的乐趣。这个世界会不疲倦地对他倾诉衷情——设身处地地为它想象。他好像为此偿付了羞耻的赎金，对一切都感到无所谓了——只有这一纸碎片……

他冷冷地坐到床上,把脸擦净。眼前激动的场面完全平静下来,慢慢地出现了一个脸色苍白的年轻人的模样,一点也不动弹,手上拿着一顶士兵帽子,敌视地打量着他……

"喏,您想干什么,"他大声地说,"您找人吗?"一面拉开了门锁,把手伸进箱子盖上的袋里,好奇地看着年轻人……

"戈姆佩尔茨太太……我要找戈姆佩尔茨太太,十六号房间——有人告诉我……"

当费舍看到女人的衣服中夹杂着几本书时,顿时感到诧异起来。

"戈姆佩尔茨太太已经死了……"他静静地回答了一声。突然,他又想起这一纸碎片对他的父亲和兄弟姐妹多么有价值,无法估量——他的心跳动得更加剧烈了,嗓子眼里充满着激动,又闷热,又窒息。他感到好像在箱子里并不能找到什么,他绝望地在衣服间翻寻着,找出一本祈祷的书,用中指匆忙地抖动一下书页。直到年轻人的影子挡住他时,他才抬起头来——他停止翻动,疑虑地看着那张苍白的脸。

"戈姆佩尔茨已经死了,您想干什么?"他大声地说,一面看着年轻人一步步走上前来。

"您找错了地方。"汉斯说。他慢慢地走向床头柜,举起十字架,从底座下面掏出那张狭长的白纸条。"她在家时也放在同样的地方。"他说。

费舍感觉到自己失落了所有的神经。他必须把上下嘴唇紧紧地抿在一起，不让咯咯作响的咬牙声透现出来，可是，在锁紧的双唇后面他仍然感觉到粗野地咬住牙齿的响声。他看到陌生人把纸条塞进衣袋，费劲地开口说道："您知道……"他口吃地说，"您愿意……您知道这个文件。"

"我知道，博士先生，是我亲自送给她的……"

"您？您说，您……我们认识吗？"

"我们认识。"汉斯微笑地说，一面朝门转过身去。

"请稍等片刻！"费舍大声地说。汉斯停住脚步。

费舍闭着嘴，想要咽下浑身的痉挛。这样的抽搐使他不由得违背意愿地咬得牙齿痒痒的。笼罩在这样一股强加于人的寂静之下，他在心底里又冒出了新近发明的咒语——他满足地咀嚼着从内心冒出来的这些词语，这些绝望的文学新作，突然朝那个男人扑了过去。他从那张惊恐的脸上看到对方十分意外，便冷不防地把他压到墙边，夹住他的双臂，然后抽出一只手，目标明确地伸进陌生人的左衣袋——当他感到手上已经拿到那张纸条时，不由得大声笑了起来，然后奔到床的后面。他在那里作着搏斗的准备，两只手像拳击似的抬起来，可是墙边的那个身影却连动也不动。

"对您已经一文不值了……您要钱吗？"费舍大声地说，"此外，"他轻轻地补充着说，"我也不相信它是真的。"

他没有得到答复；那个不知名的男人——不过，他相信曾在匆忙之际见到过这个人的脸——慢慢地离开墙边，朝门口走去……

汉斯来到宽敞的前厅时停了下来,这里一片明亮。左面是一座微笑的天使,这是从前那个夜里所遇到的雕像。汉斯立定脚步。雕像似乎在对他招手,或者从侧面向他微笑着,他慢慢地朝它转过身去。呆滞的眼睛从他身旁望过去,镀金的百合花毫无动静,只有微笑似乎是献给他的,他也轻轻地报之以微笑。直到现在,当雕像完全暴露在阳光下时,他才看到天使的微笑其实是痛苦的微笑。

等到又听到勒基娜的声音时,他才重新转过身来,看到她的眼光中含着喜悦,他不由得吃了一惊。

"喏,"她问道,"现在怎么啦?"

"她死了。"他说。

"死了?"

他点了点头。

"这不要紧的,"她说,"我们可以找到其他的证人。"

他扶住她的手臂,跟她一起走下楼梯。

19

尽管牧师眼巴巴地望着大理石天使，似乎要跟它讲话，可是巨大的石头天使却仍然沉默着，一声不吭。它的侧影埋没在漆黑的浊泥中，后脑由于被柱子挡住而呈现扁平状，使人感到它好像被一拳击倒，躺在地上哭泣或者饮水一样。它的脸正好投落在水洼里，硬硬的鬓发上溅满了肮脏的泥土，圆圆的脸上贴着一块泥巴。只有蓝色的耳朵上毫无标记，一截断剑掉在离它不远的地方：一块长条形的大理石，这是它丢弃的。

它好像在谛听，谁也弄不清它脸上的表情到底是嘲笑还是痛苦。它沉默着，背部逐渐形成一处水洼，站立双脚的底柱上闪烁着湿漉漉的蓝光。有时候，当牧师变换脚步，走得离它更近一点时，天使看起来似乎想要吻他的一双脚一样。可是，它却不把脸从浊泥中抬起来；它躺着，合乎规范地掩蔽在一座土墙后面，犹如一名士兵……

"我们可以，"牧师大声说，"设想，这是为我们而不是为她在悲哀。"说罢，他用一双白白的胖手指着墓穴，两根爱奥尼亚式的大理石柱中间停着一口棺材，上面蒙着一块黑布，雨水从流苏上滴落下来。"我们愿意设想，"牧师又大声说，"死亡是生命的开始……"

辅助弥撒的人痉挛地给他举着撑开的黑柄雨伞，费力地跟着牧师转过来转过去。可是，牧师在演说时的转动常常十分突然，辅助弥撒的人措手不及，跟不上，于是只要有一滴雨水打在牧师的头上，他就朝后面投过一瞥惩罚的眼光。辅助人一脸苍白，举着雨伞犹如给他打着一顶华盖……

"让我们想象一下，"牧师朝着大理石天使高声地说，"我们也站在，连我们也站在死亡的门槛旁。应了中世纪时的一句诗，这是生活常情。让我们回忆起她，我们难舍的死者吧——受到人们的喜爱，拥有尘世间的丰富财产，生活在一个强悍的天主教的大家族里，我们的城市满载着它的恩泽——让我们回忆起她吧。上帝的召唤突然降临在她的头上，上帝向她派去了无形的使者……"

他神色慌张地沉默了一刻：他觉得，蓝色而又毫无标记的石头脸上似乎动了一下，泛起了一丝微笑。牧师抬起了吃惊的目光，好像要从一片雨伞中寻找最平滑、最贵重的绸布伞面一样……"她逝世的噩耗是多么突然地惊悸着全家。"他的目光从众多的雨伞旁穿过去，落在另一处地方，那里有一小群人，光着脑袋，毫无遮拦地任凭雨淋。"穷人因为她而失掉一个忠诚、博学的救难女子，他们为此而悲哀。我们不要忘记为她祈祷，我们全体，对，我们全体，任何时刻都可能遭受上帝向我们派遣而来的无形使者的袭击。阿门。"

"阿门。"他又对着天使大理石的耳朵大声喊了一句。

"阿门。"众人异口同声，一阵粗重的窃窃私语，像是从小小的教堂内传出来的回声一般。

"我们都站到这里来,"费舍说,"这里是干燥的。"他伸手扶着岳父,把天使臀部后面的一块平坦的地方留给他,自己站到它的背上去了。牧师在里面宣布开始庆典仪式时,他们全都摘下帽子。

大理石天使慢慢地沉没下去;它圆圆的面颊压进软软的地面去了,毫无标记的耳朵间也渐渐地堆满了潮湿的泥沙……

"我有了,"费舍说,"在这里。"

戈姆佩尔茨接过小纸条,读了一遍。他的悲哀的脸抖动着,口中轻轻地嘟囔着:"我儿子的最后一次问候,是一份仇恨的文件,而他的仇恨都是我根本不理解的。"

"你难道相信这是真的吗?"

"我从来没有怀疑过。"他慢慢地撕碎了纸条,小心翼翼地把碎片塞在手套的洞眼里……

里面,教堂司事应声回答着牧师用拉丁文进行的祈祷,他们看到牧师突然间慌乱起来,因为他不知道应该把一铲垃圾倒往何处。最后,他把垃圾朝着棺材扔过去,泥块从大理石表面滚落着分散开来……

天使沉默。它被两个男人的重量压迫着沉了下去;美丽的鬈发间堆满了莫名其妙的垃圾,断残的手臂似乎越来越深地抓进地下去了。

译后记

《天使沉默》是我多年前的一部旧译。今天，它能够得以重新出版，要感谢上海九久读书人文化实业有限公司，尤其感谢陈丰、任战和李翔同志的鼎力支持和帮助。他们的厚爱和扶持，才让这部陈年旧译重新焕发崭新的艺术魅力，为我们广大读者添加一份宝贵的精神食粮。

翻译海因里希·伯尔的《天使沉默》时，我就常常被他的文字所感动，因他的艺术魅力而受到深刻的震撼。没有想到，伯尔的一部作品竟然拥有如此巨大的号召力，让读者和译者禁不住泪眼婆娑，心潮澎湃。

海因里希·伯尔的《天使沉默》不愧为德国文学和世界文学的艺术珍品。伯尔以平铺直叙的素描手法让读者如同身临其境，进入德国战后的浑噩世界，看到纳粹德国发动的战争不仅残害了其他的国家和民族，到头来还搬起石头砸了自己的脚。

概括说来，《天使沉默》有真实、深刻和强烈艺术震撼力的三大特点。

所谓真实，这里不仅有真实的时间、真实的地点，它还有一系列真实的社会现象。

小说反映了一九四五年五月八日前后的德国社会面貌，故事的地点就在莱茵河畔的科隆城。小说里的主要人物都是一些名不见经传的小人物，把他们定名为汉斯、费舍、勒基娜或者用其他一些任意的符号标志，都是无关紧要的，都是小事。他们的名字，随着盗用不同的身份证反正已经一变再变，至于叫什么名字，完全无所谓了。他们是迷惘和丢失的一代。虽然，他们也是父母亲的子女，是子女们的父母亲，可是时代把他们捆绑在残酷的战争囚车上，让他们失掉了方向，失掉了精神，也失掉了灵魂。

国家剥夺了他们做人的自由和尊严，留给他们的只是饥寒交迫，连爱情也丧失了自己的激情和力量。这般社会的真实面貌在海因里希·伯尔的《天使沉默》中表现得栩栩如生，如同画家的室内临摹和野外写生一样。

至于深刻，那就需要分析伯尔在书中的表达手法。《天使沉默》是用相互交叉、分角色进行叙述的方式促使故事情节往前发展的。

这里有一本琐碎的流水账，记录了汉斯和费舍先生的日常生活。汉斯和勒基娜都被遗弃了，成为孤身独影的鳏夫和寡妇。汉斯甚至羡慕死者获得了生活的安宁。后来他们在战后的混乱和废墟中找到并且承认了爱情，他们重新有了生活下去的勇气和方向。

天使的题材让读者难以忘怀。书中的天使连接了故事的开始和结束，他两次出现，可是沉默的天使并没有给人带来安慰和希望。相反，这尊沉默的天使把手往地下抠进去。当然，那是注定抠不出所以然，抠不明白人间的是非和社会的曲直的。

朴素的语言和素描般的表述也是作品取得成功的重要因素，令读者难以忘怀。

必须指出，二〇一四年是第一次世界大战爆发一百周年的纪念之时，又是中日甲午战争过去两个花甲之年，战争的话题时常提及。当前，尤其中国沿海附近的一些邻国迫不及待地希望改变和霸占中国的一些岛屿和海面，战争的乱象环生。他们不习惯中国的强大和发展，有些国家的少数头面人物似乎还饶有兴趣地希望续写战争题材的血腥作品，真是狂妄至极。

时代在发展，科技在进步。中国人民任人宰割的时代已经一去不复返了，他们不会惧怕任何敢于强加在他们头上的战争。

适逢旧译《天使沉默》再度出版的机会，我把它重新修改一遍，把止不住的心里话整理成文，记录下来，与广大读者共勉。

愿《天使沉默》在中国文学的百花园地里寻觅到更多的知音和朋友！

曹乃云
甲午年二月初五于维也纳
修订于庚子年端午节，上海